Bruno & BEITZA

David Fortino

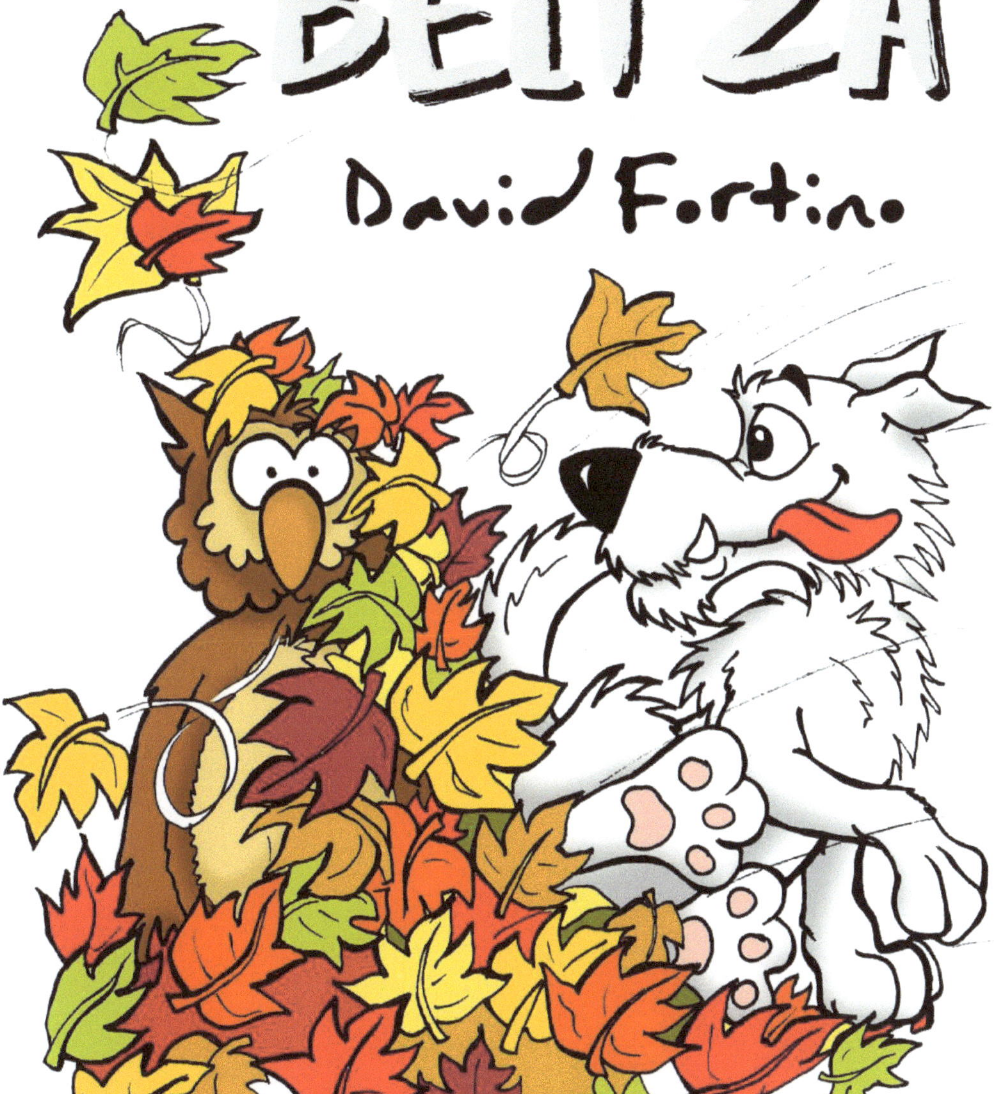

- Volum 1 -

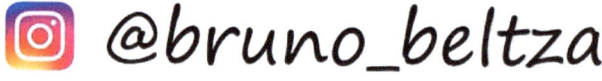

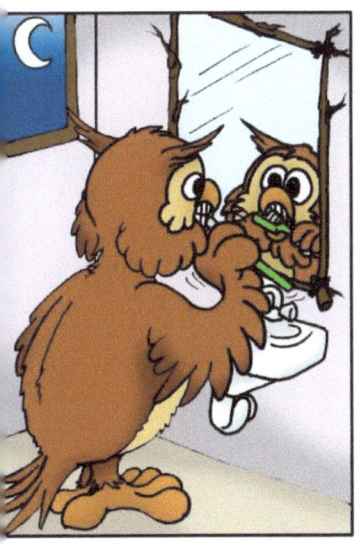
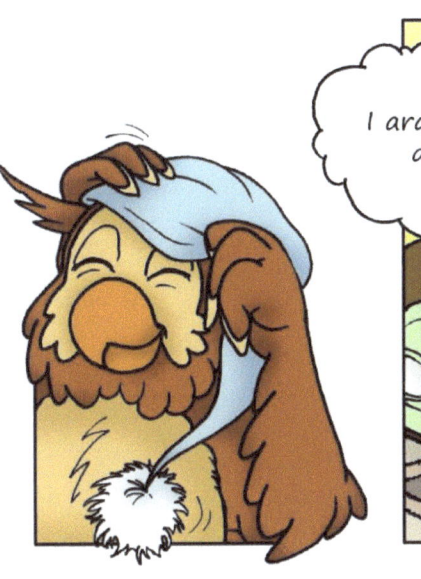
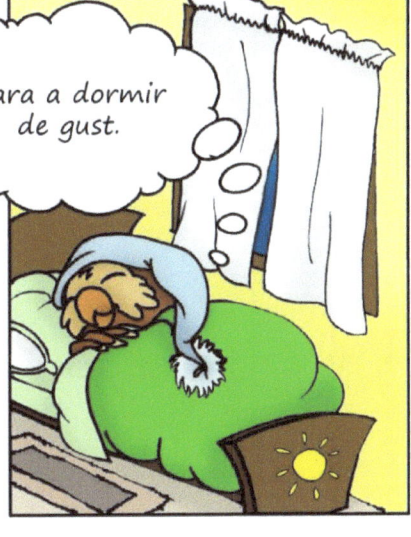
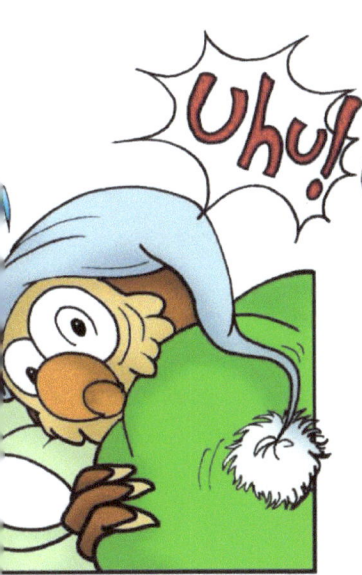
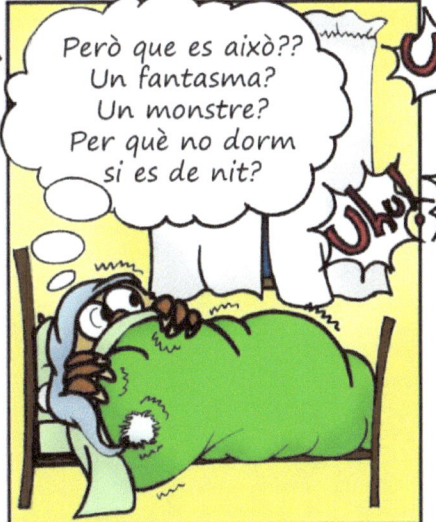
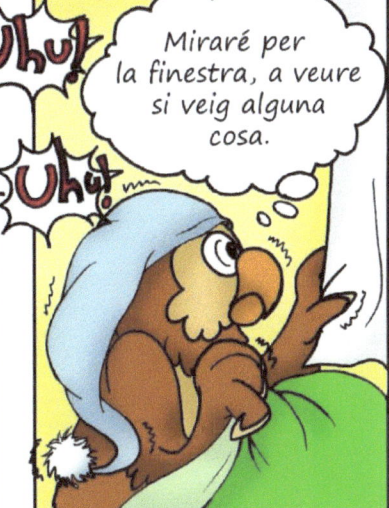
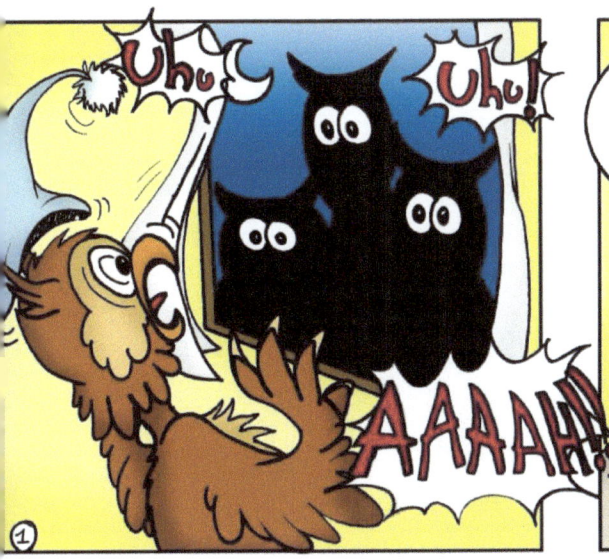
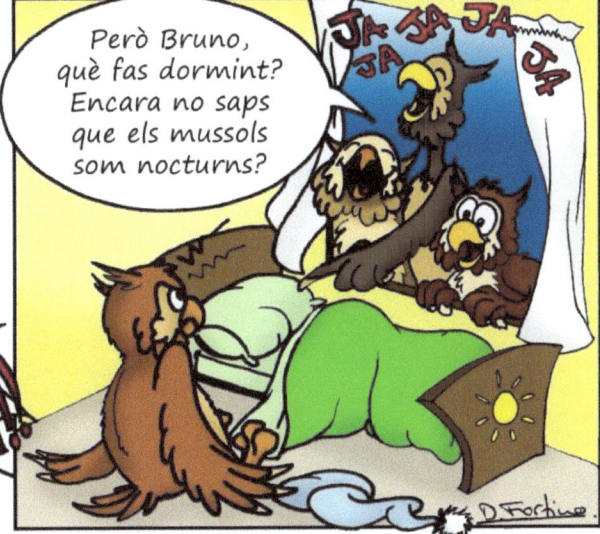

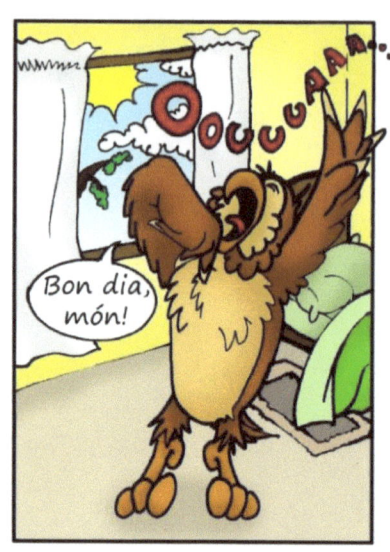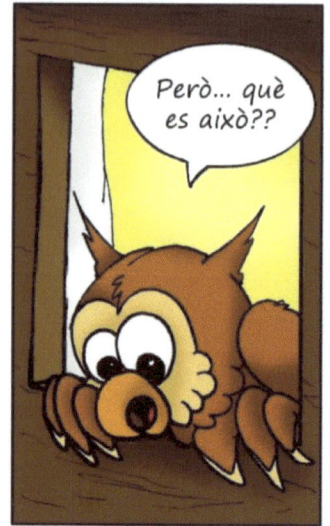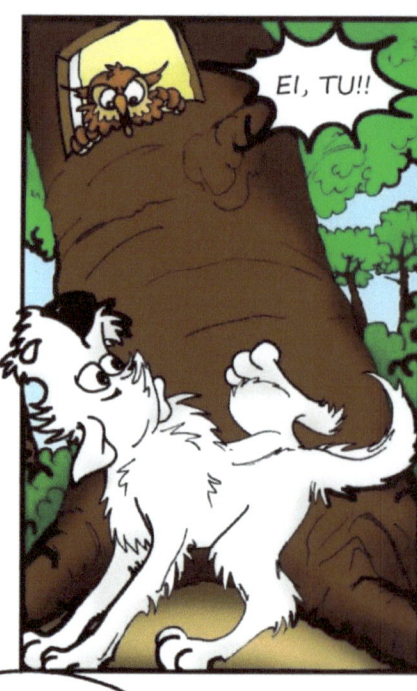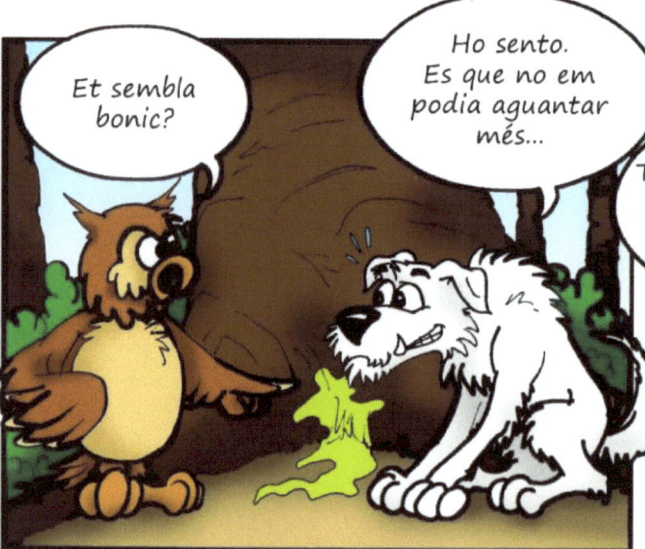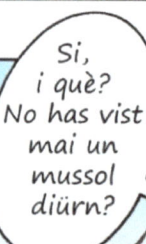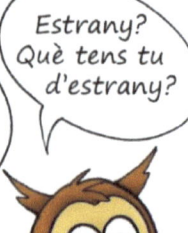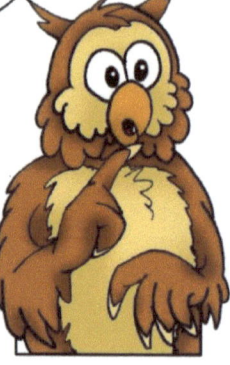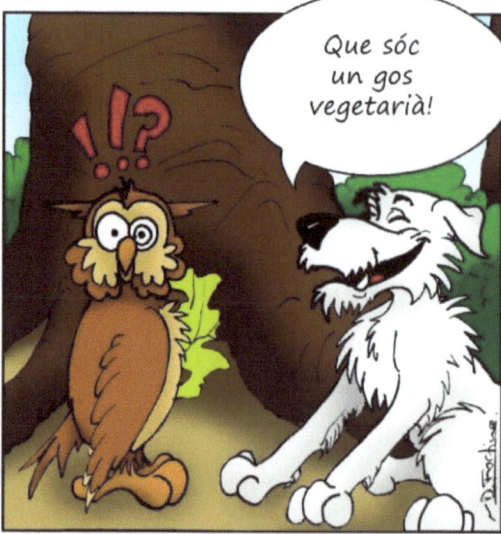

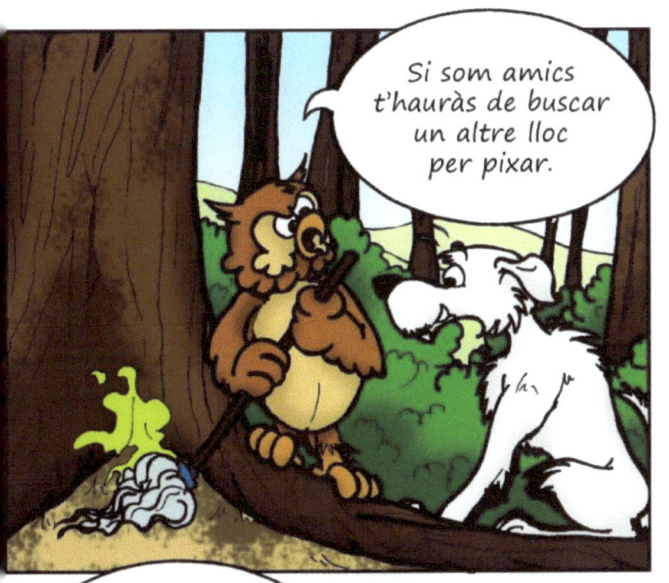
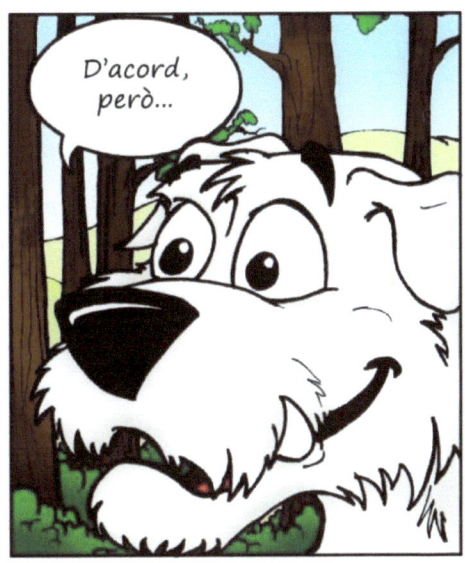
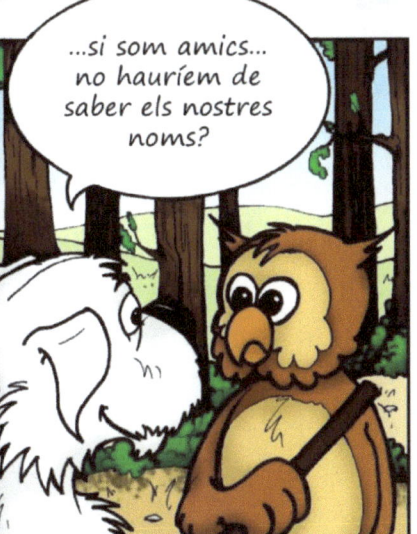
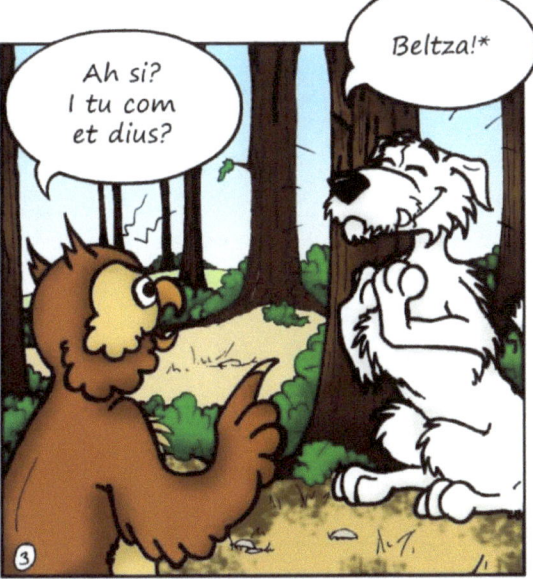
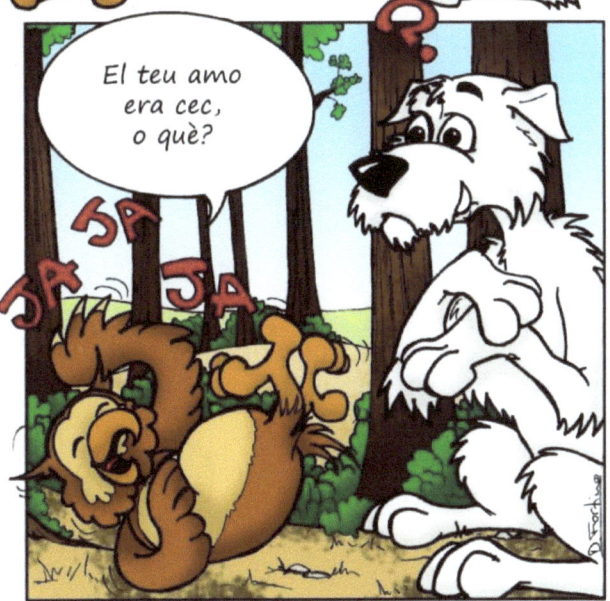

*Beltza vol dir negre en euskera.

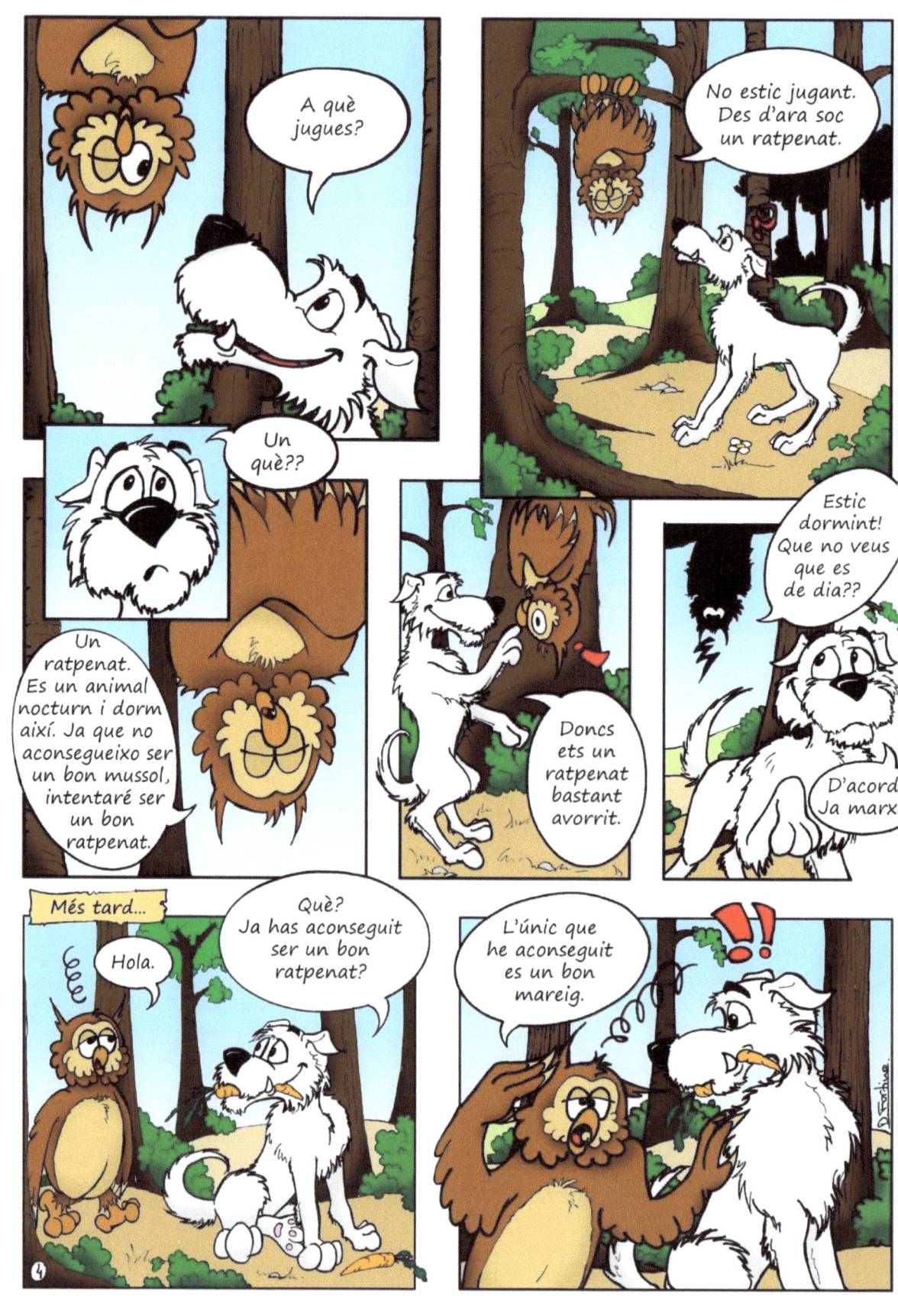

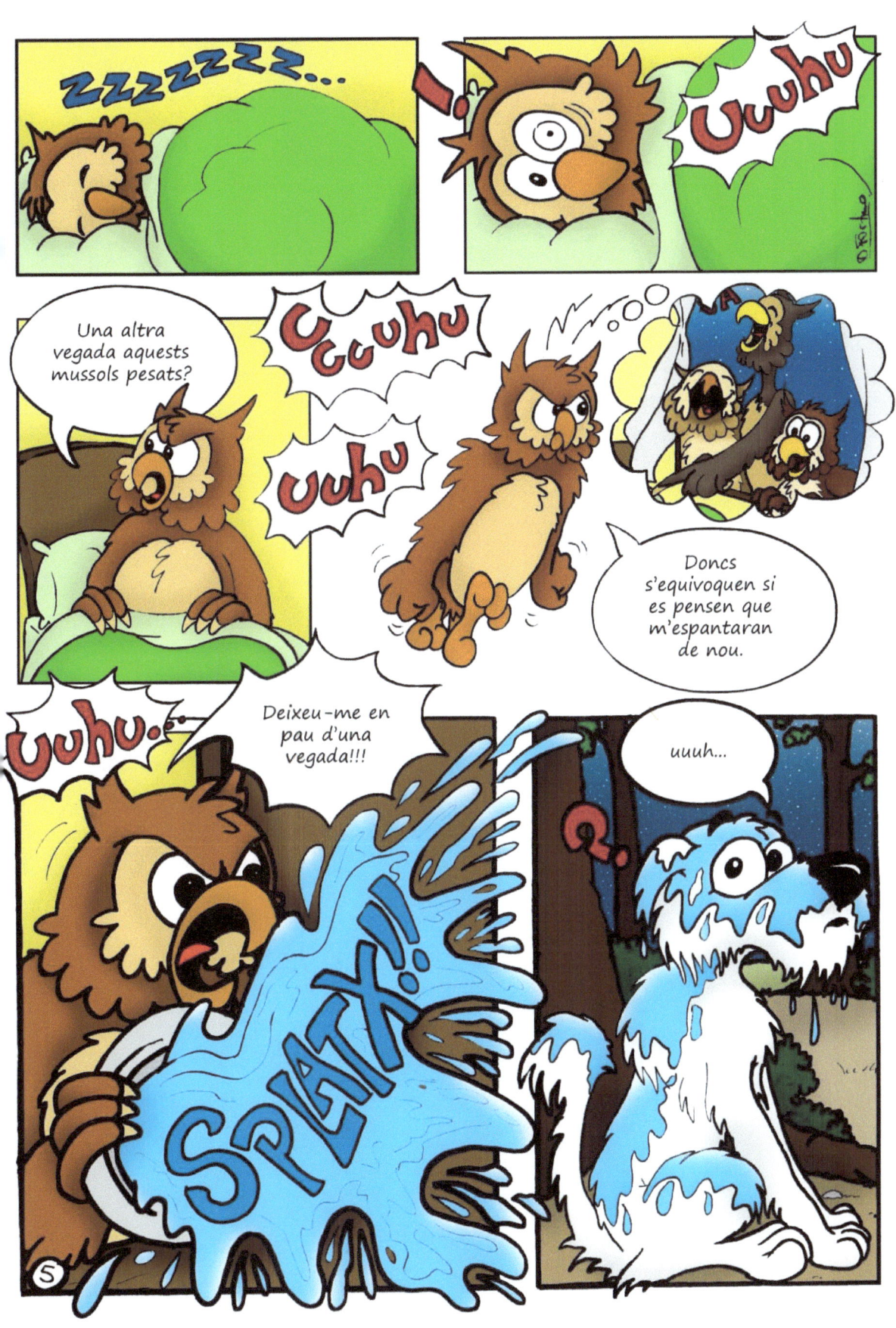

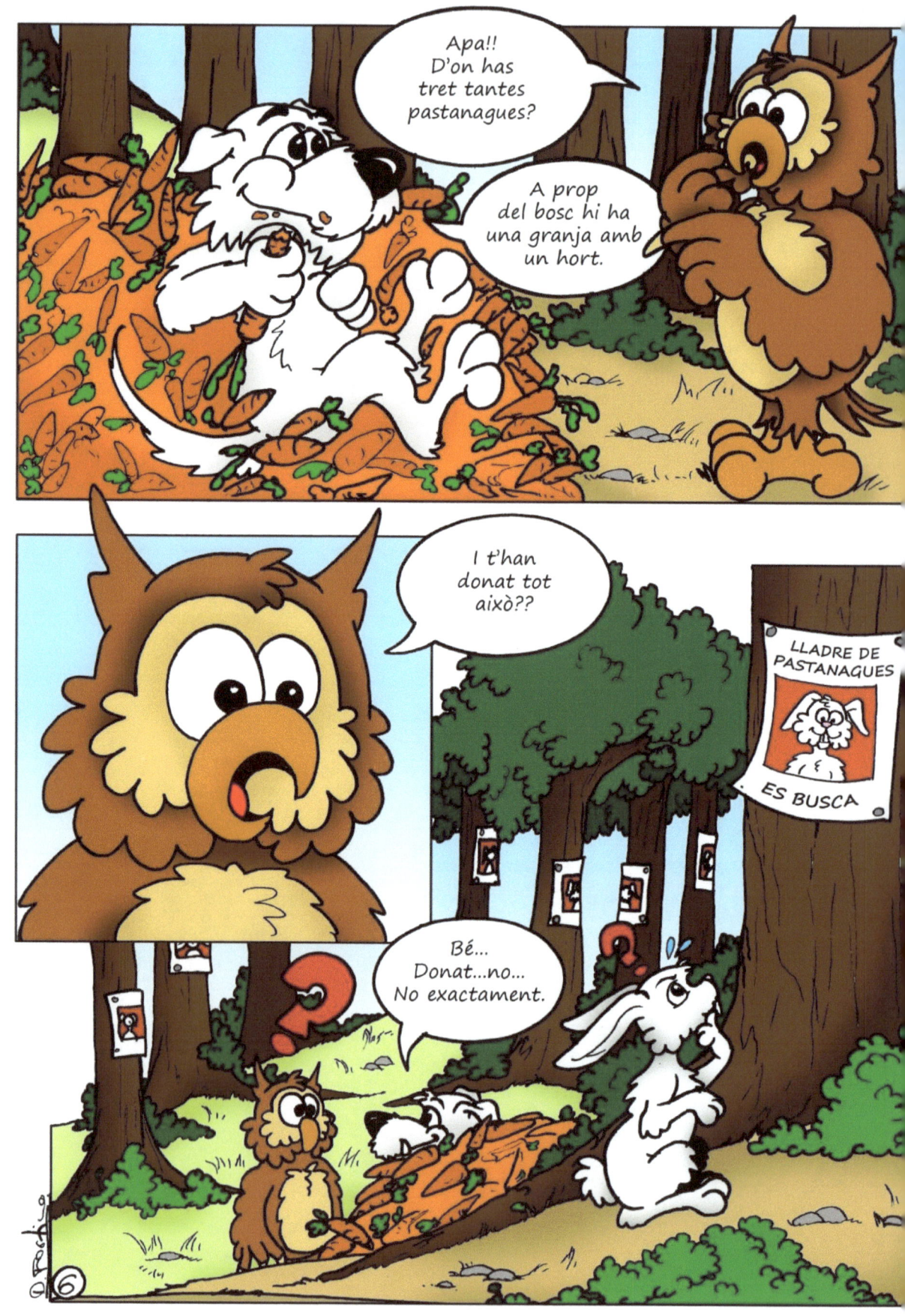

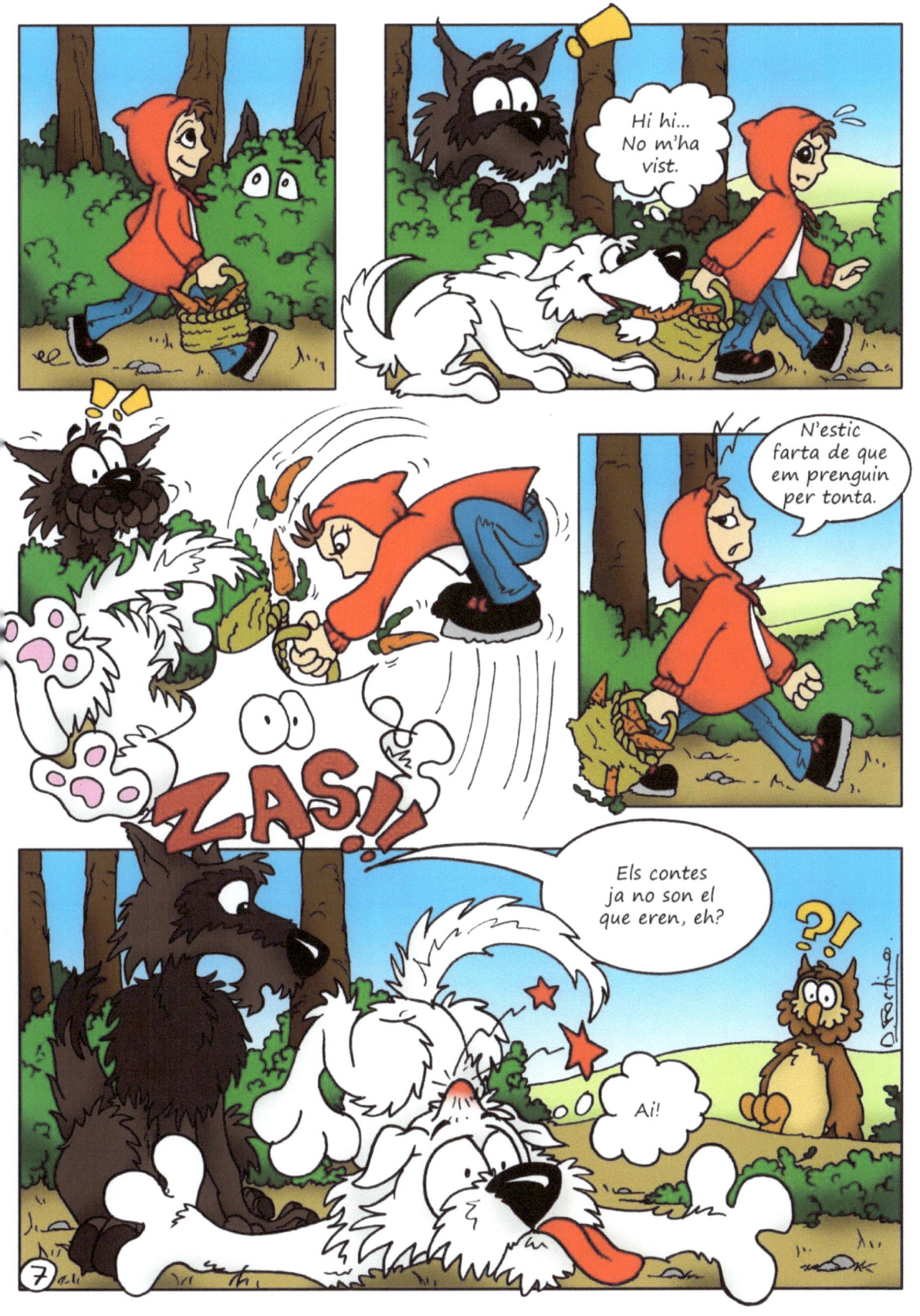

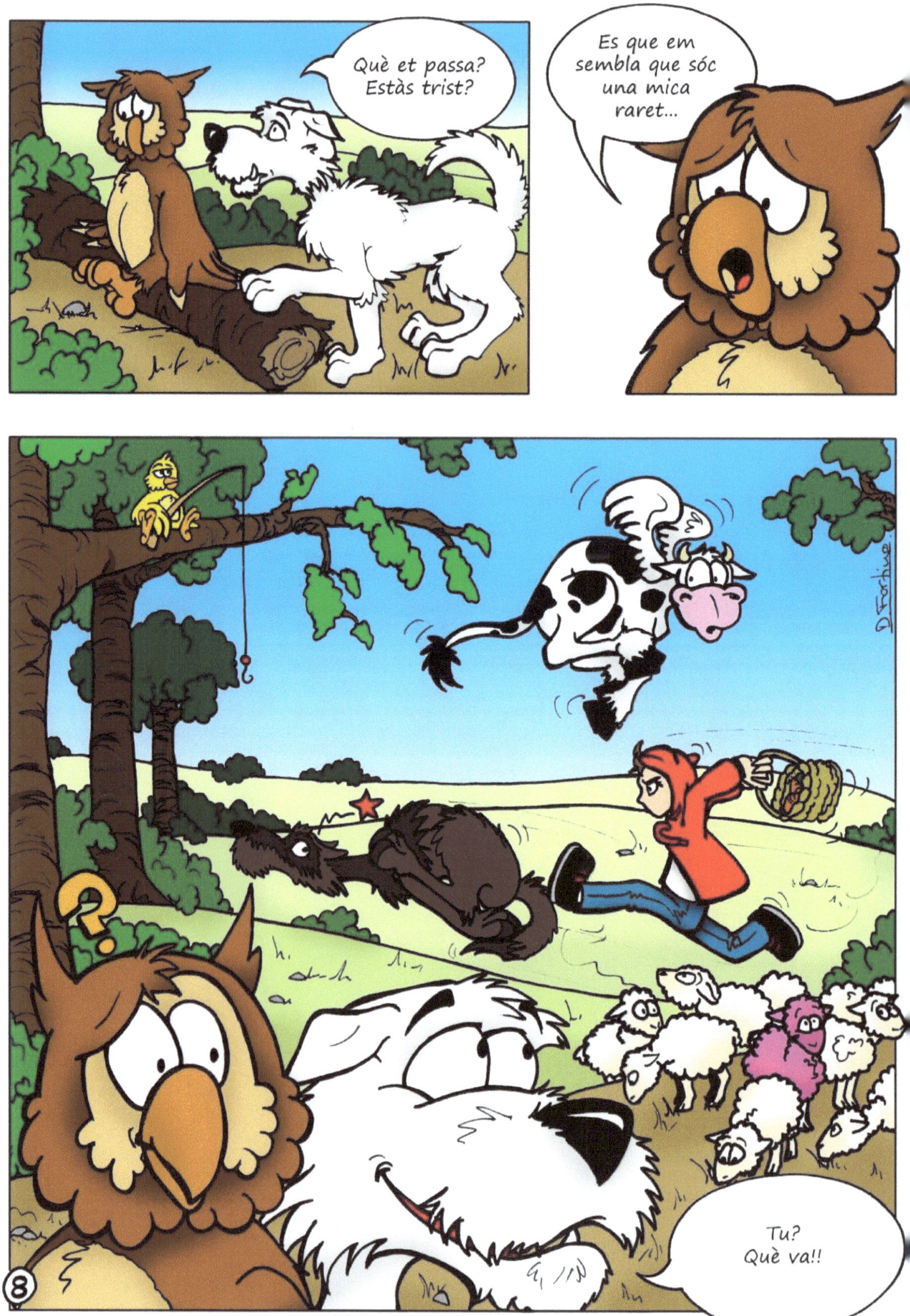

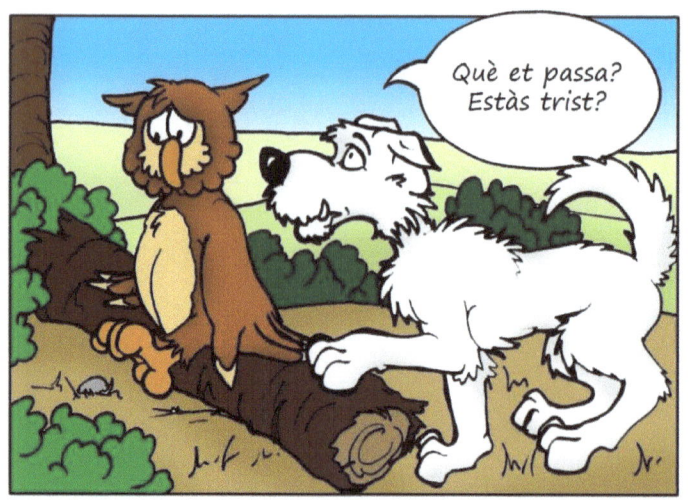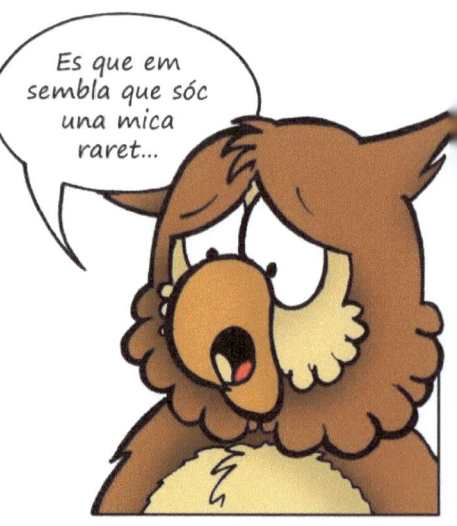

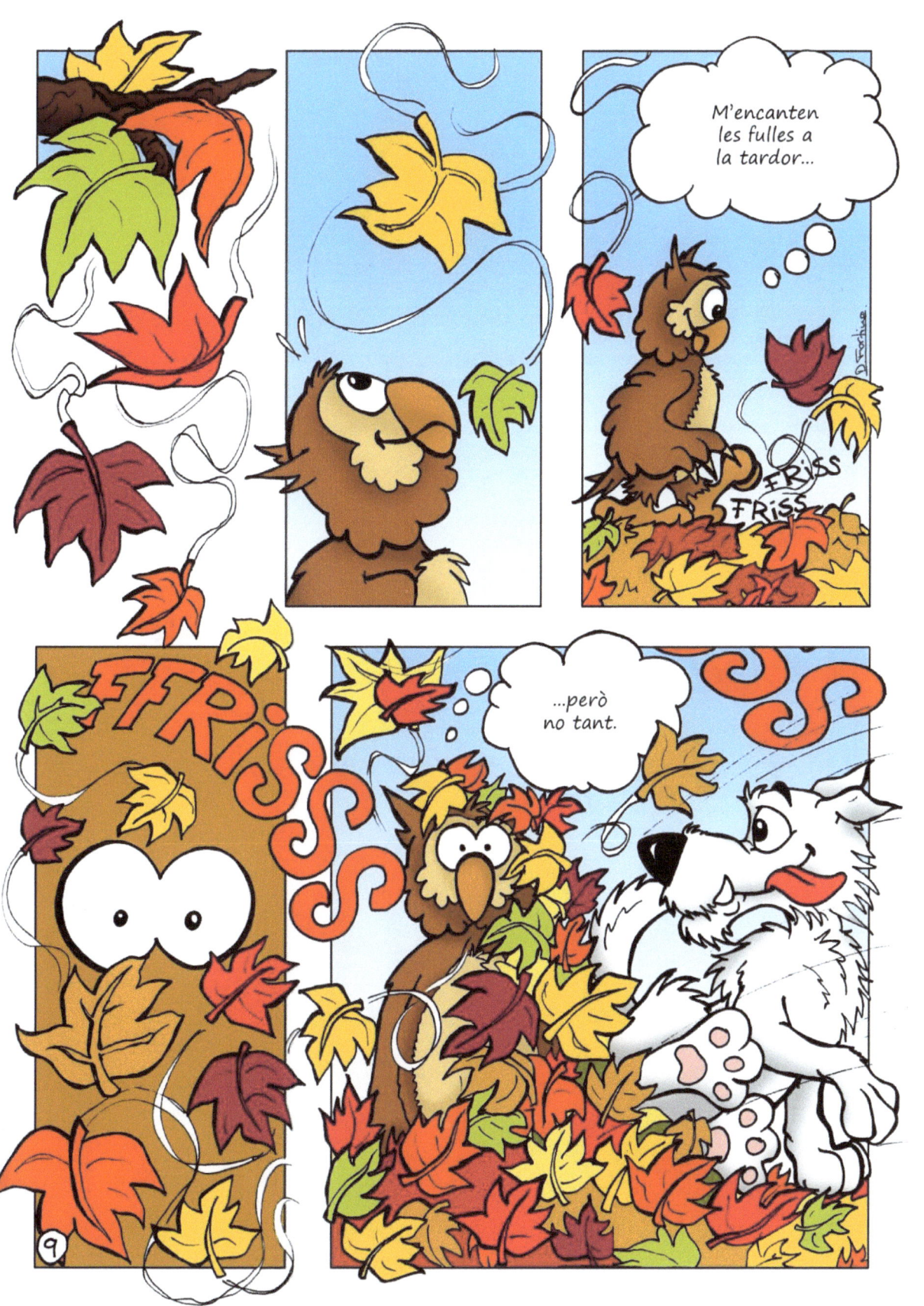

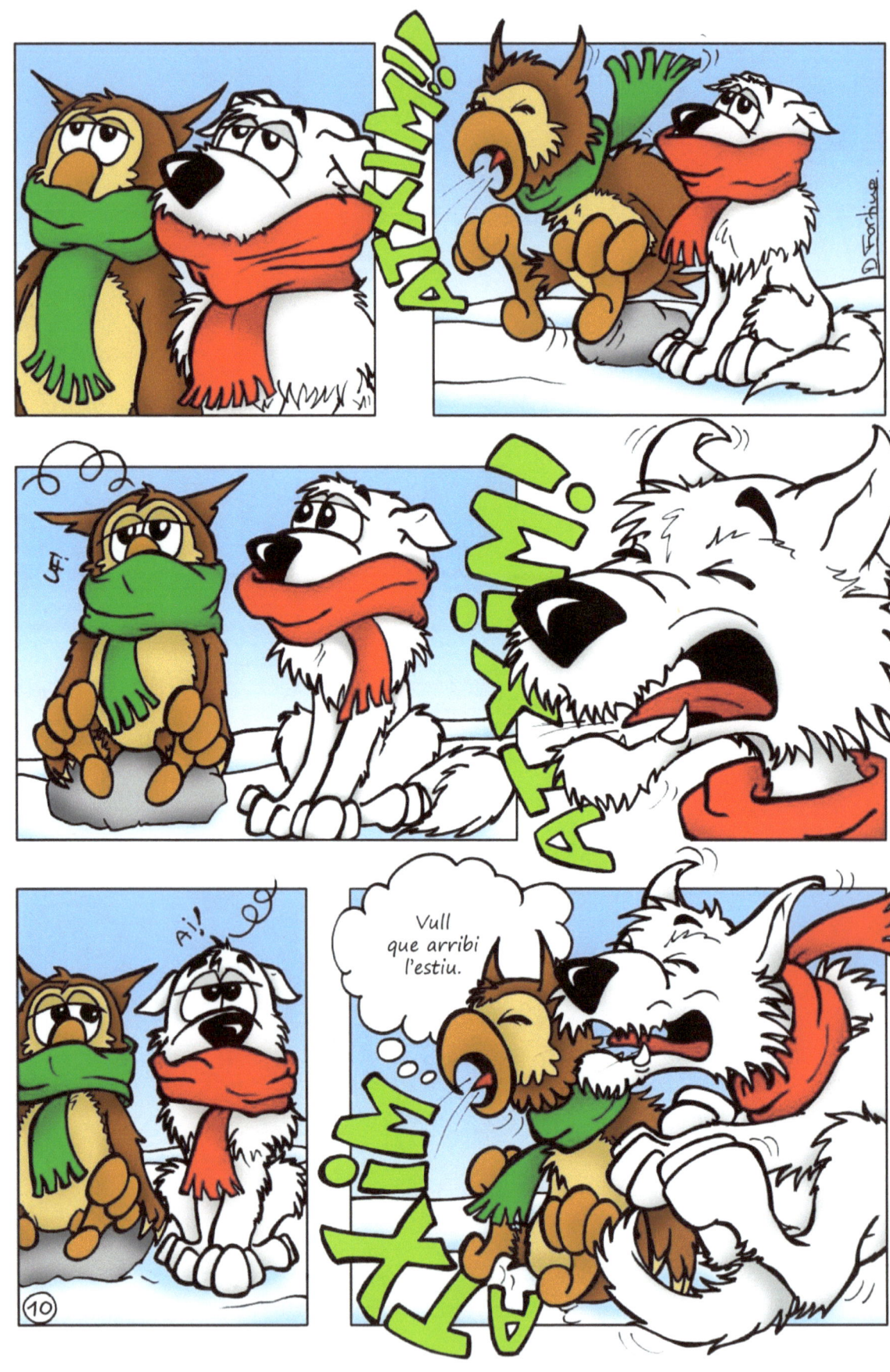

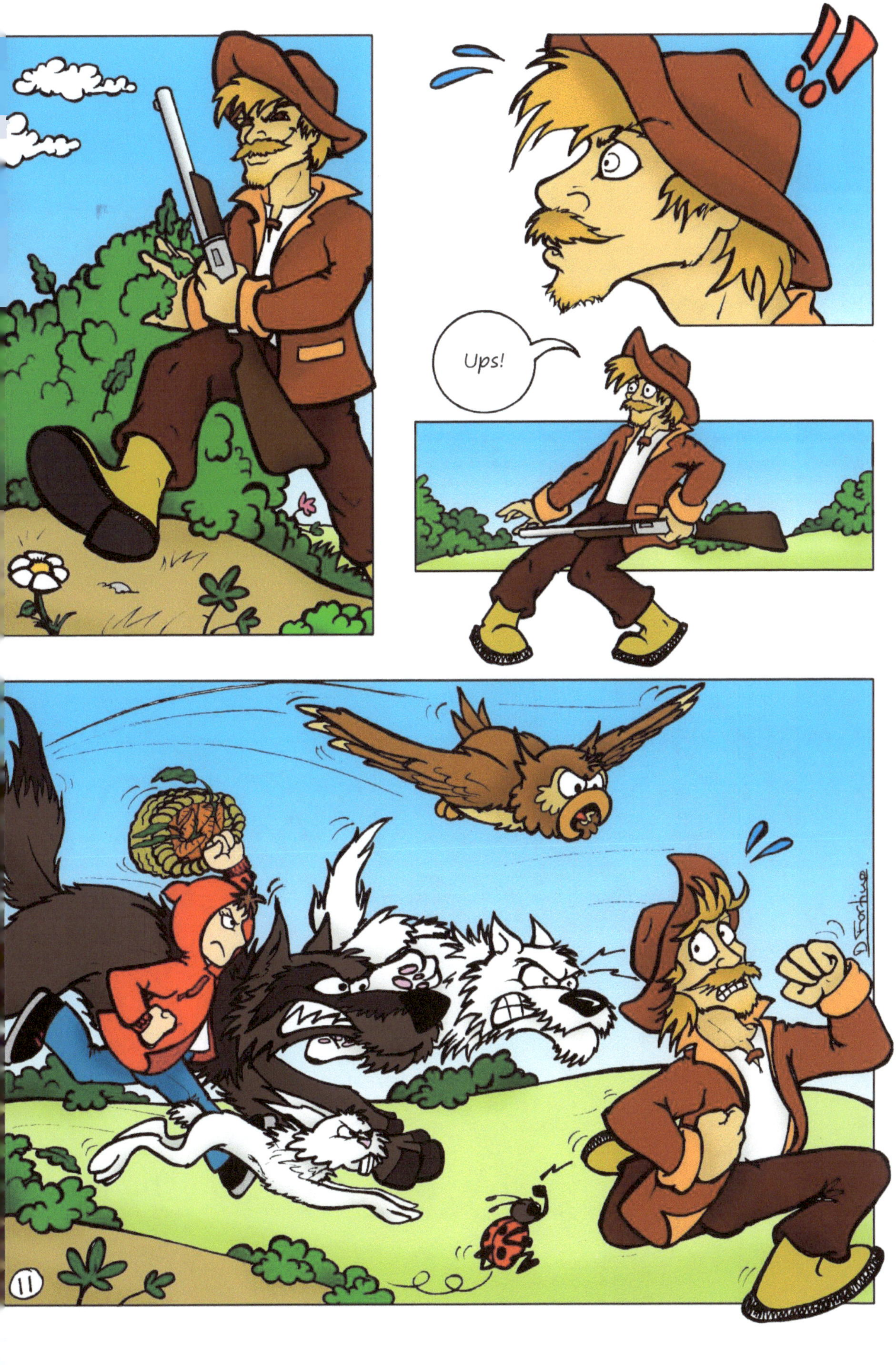

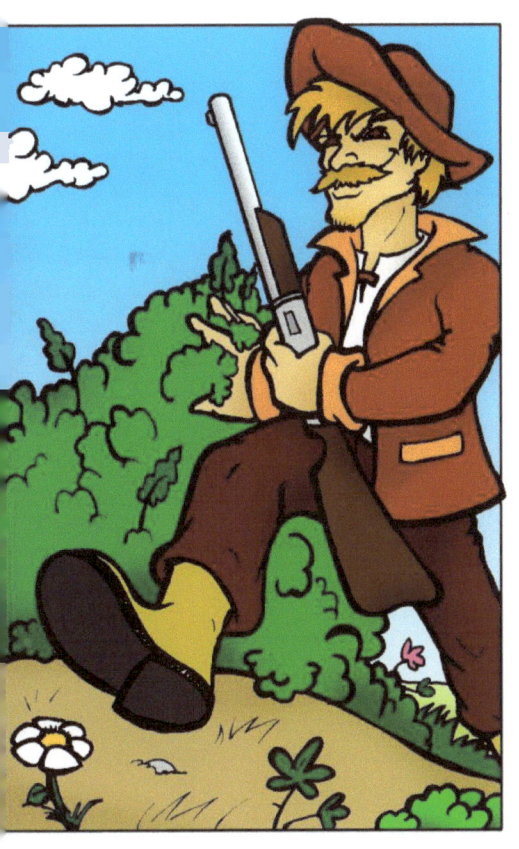
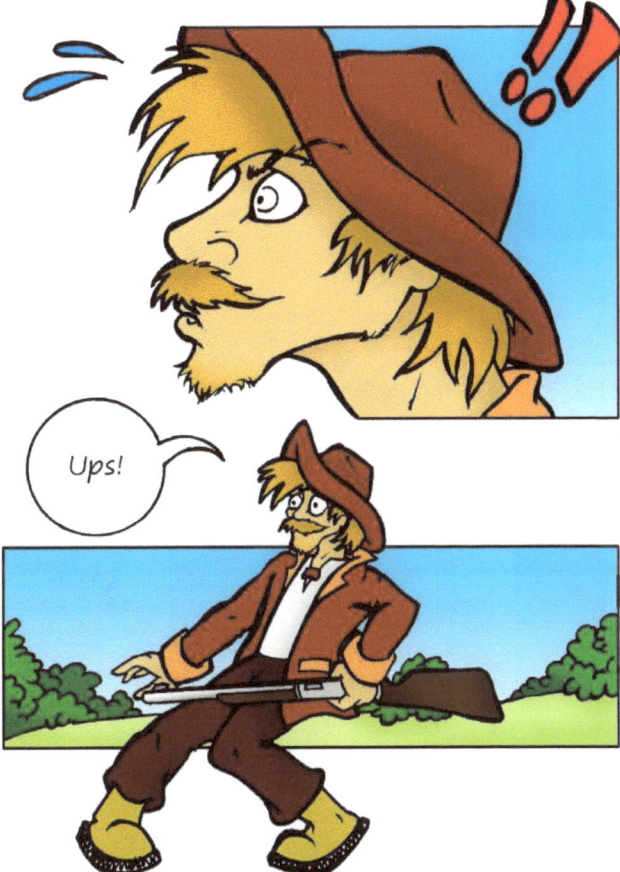

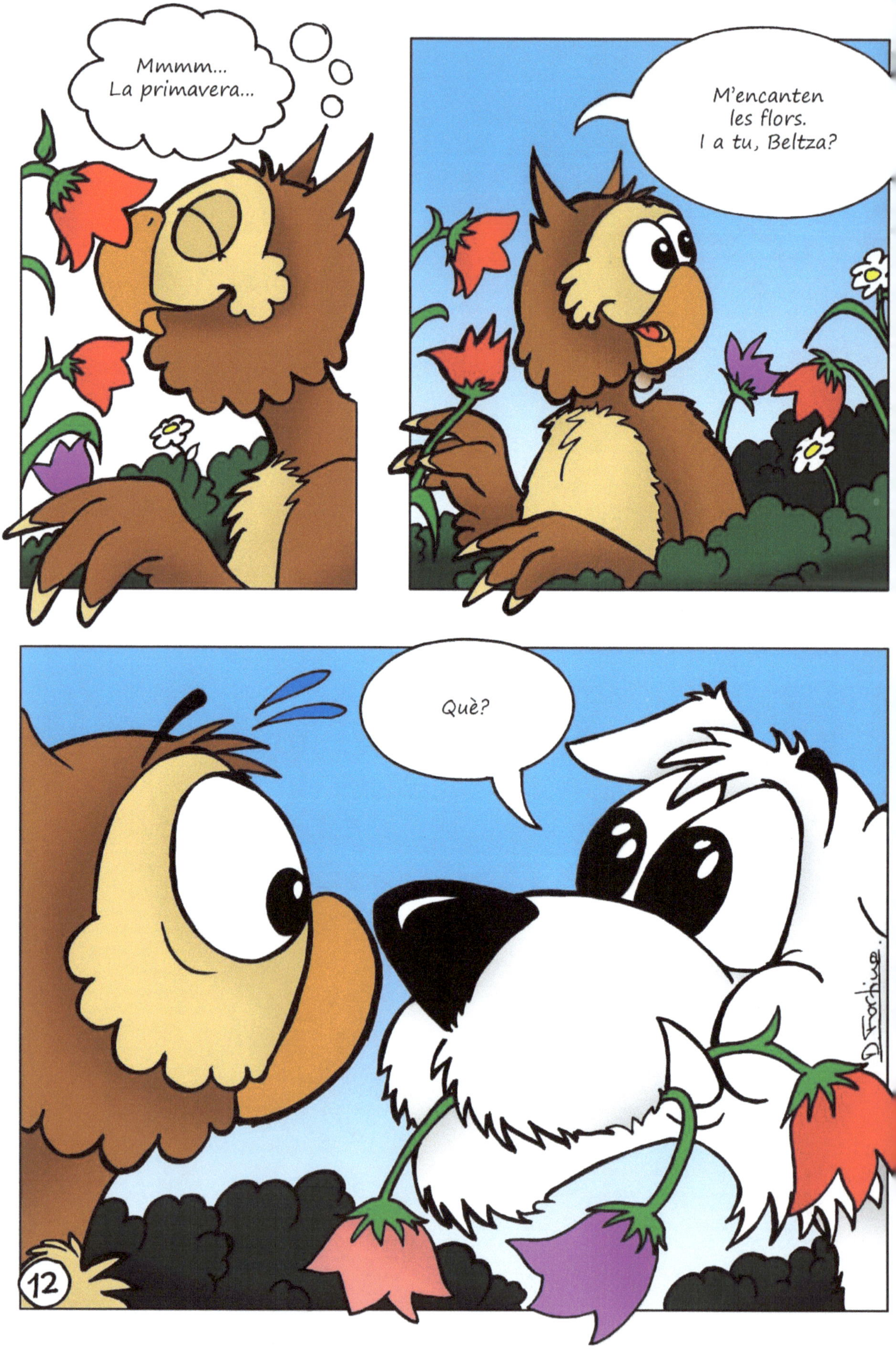

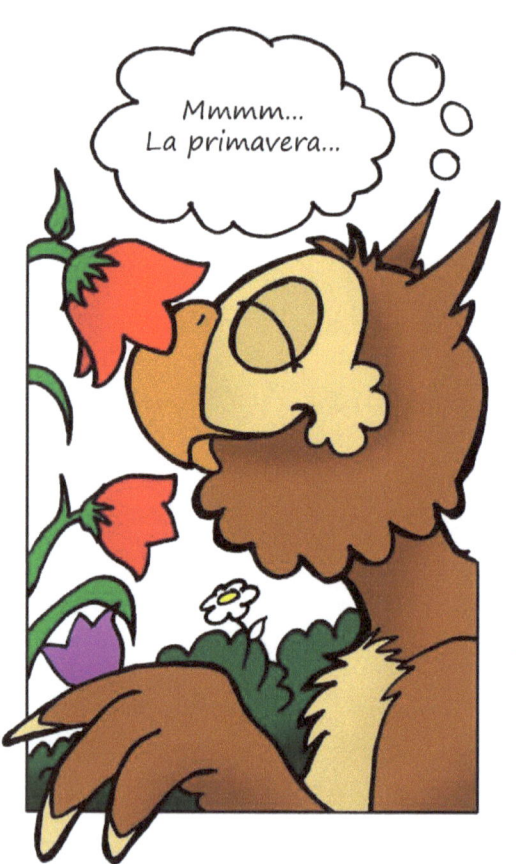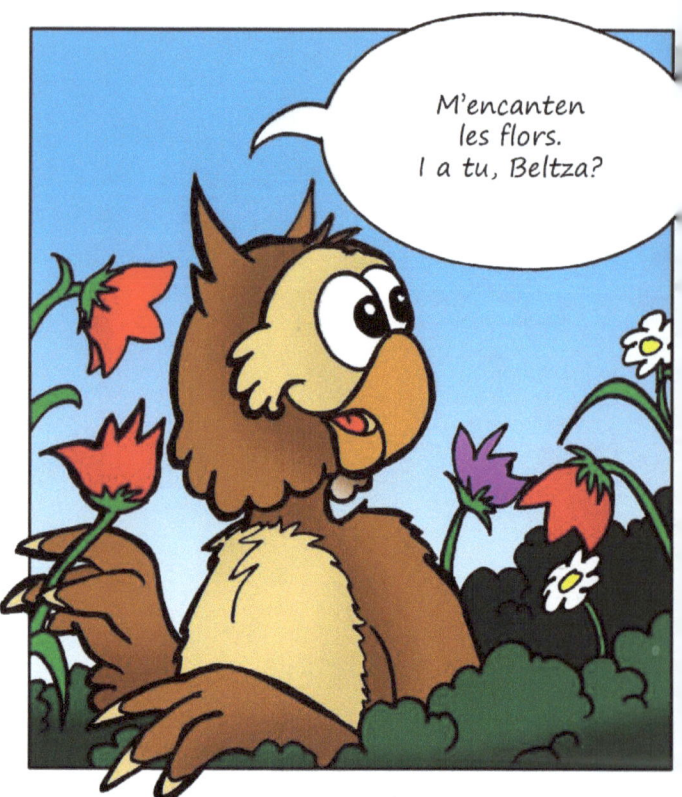

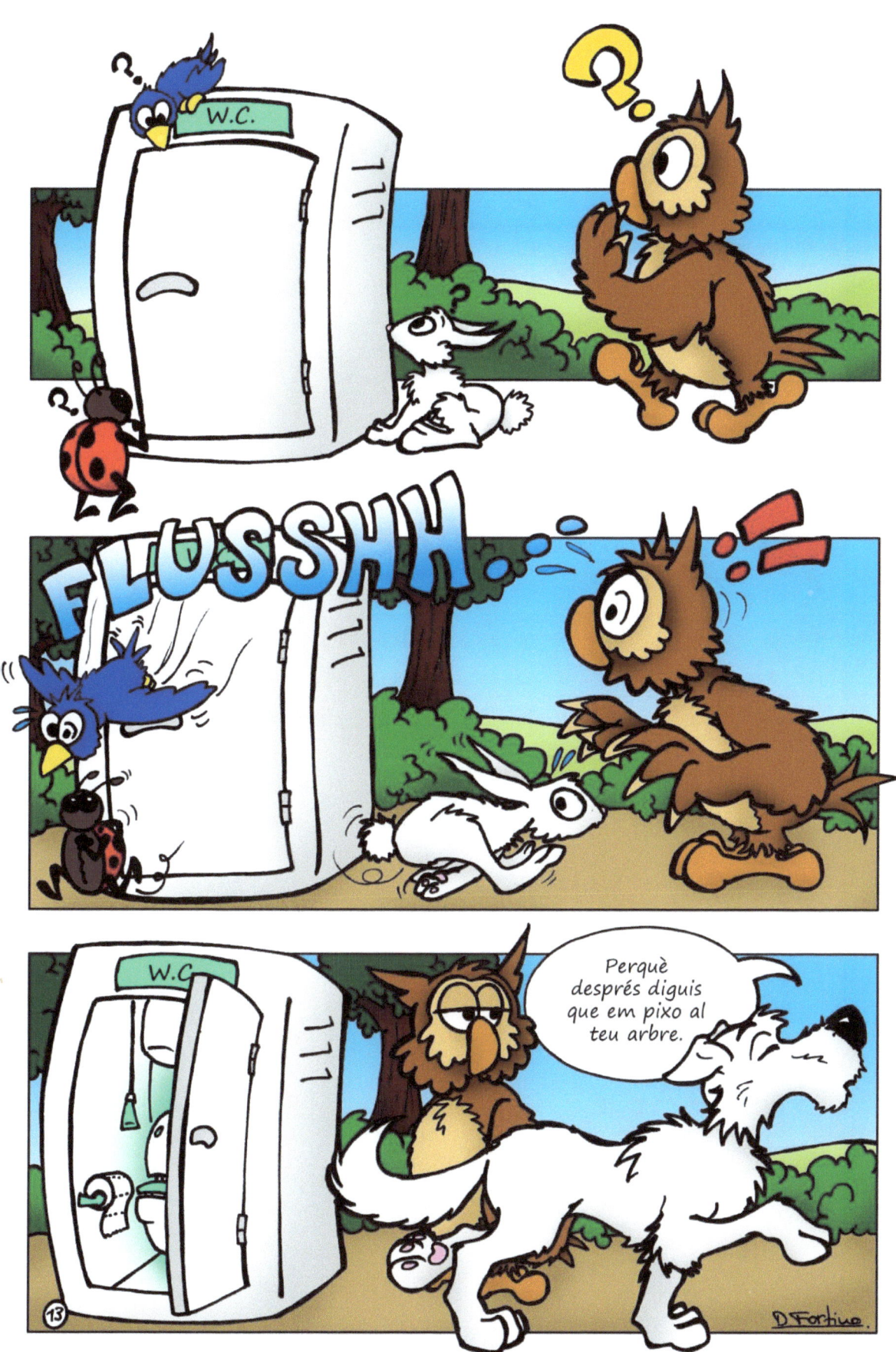

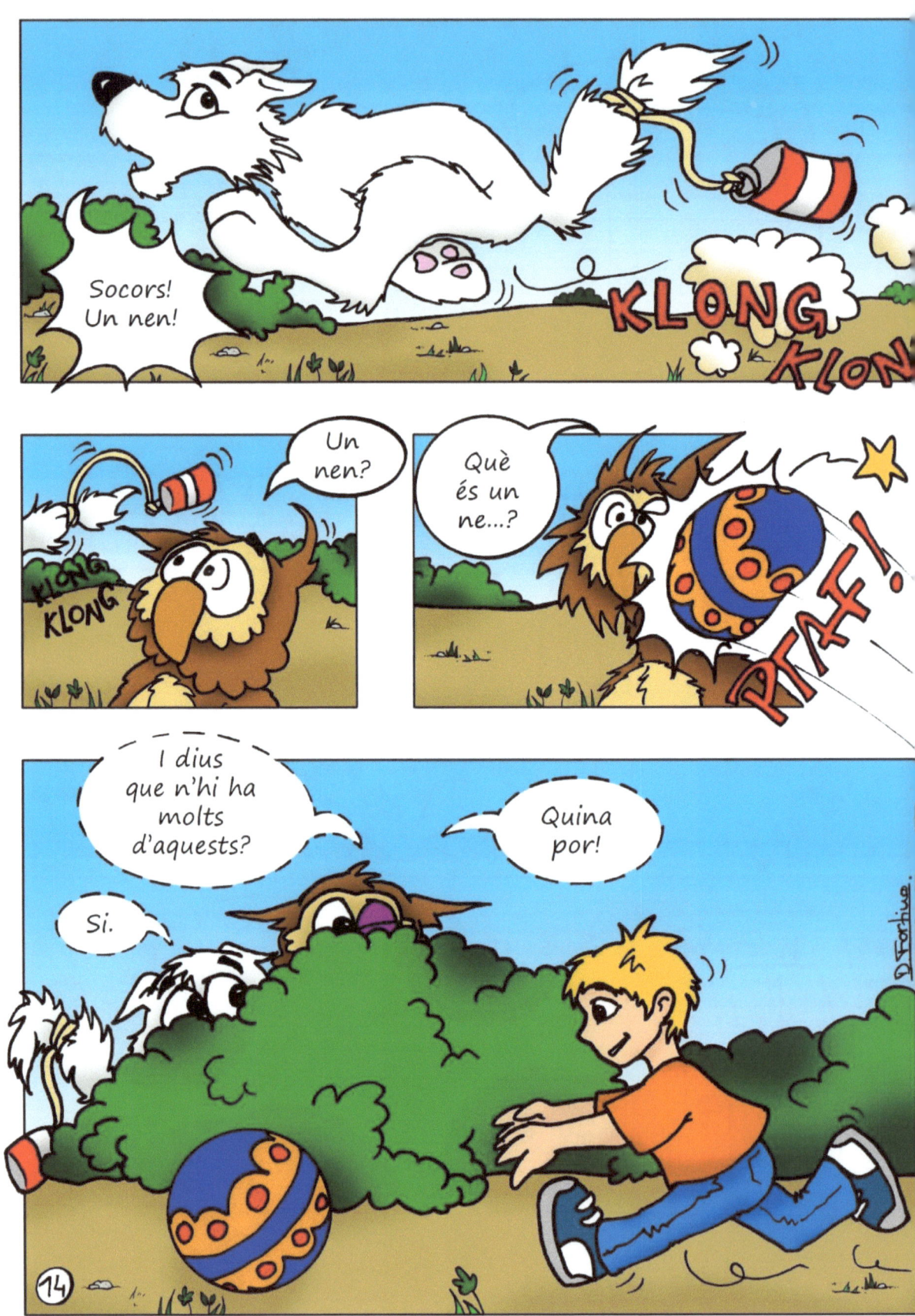

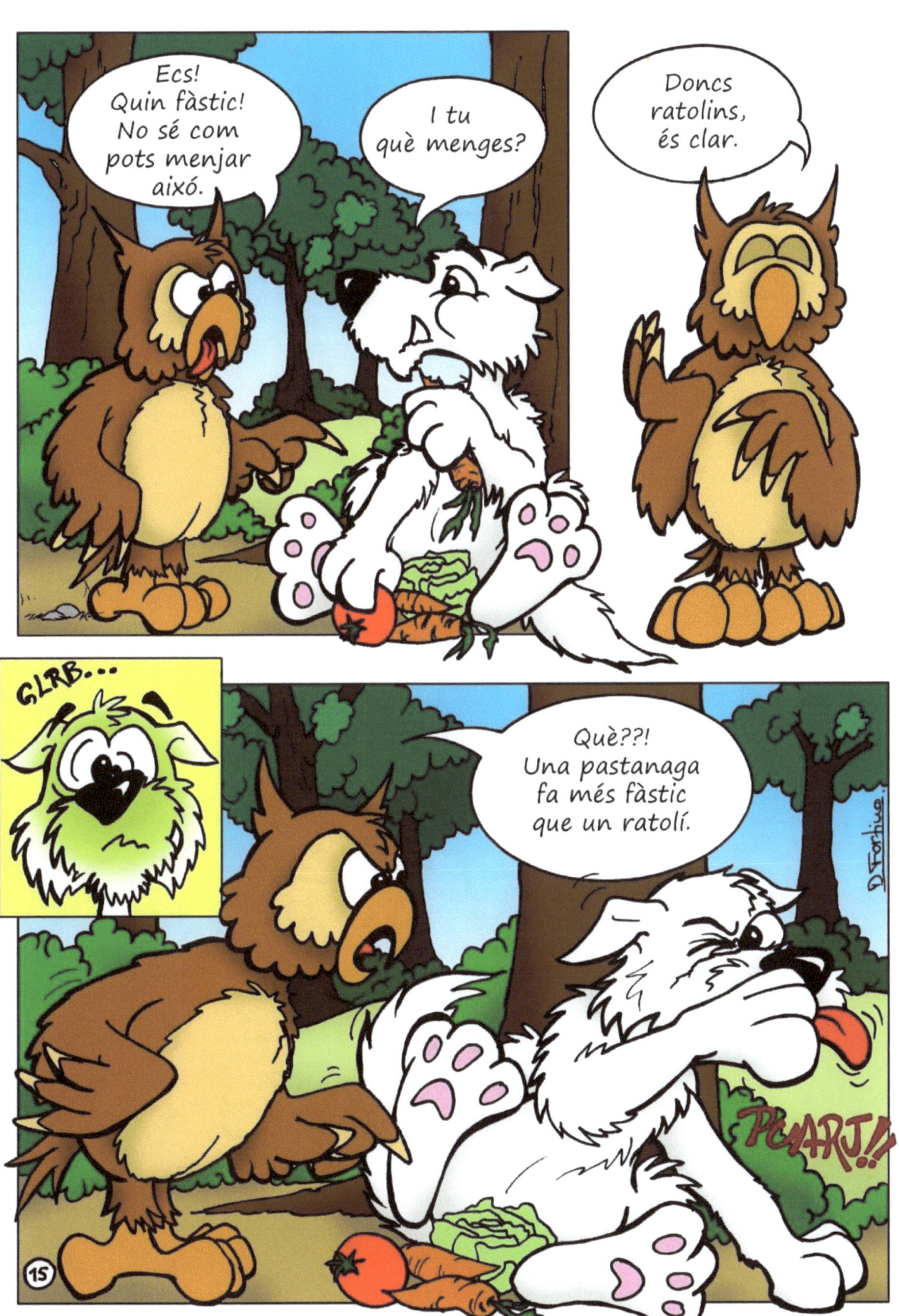

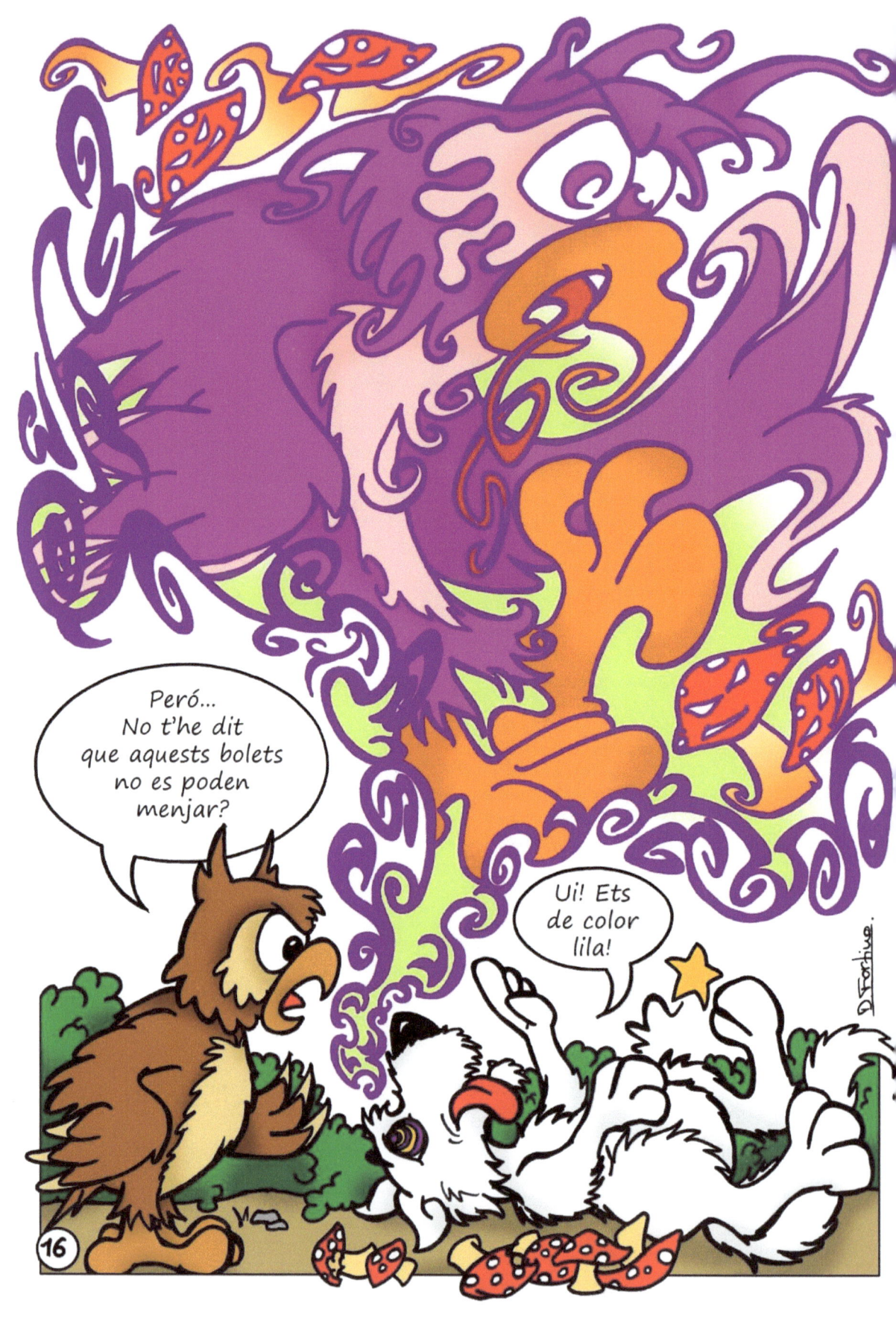

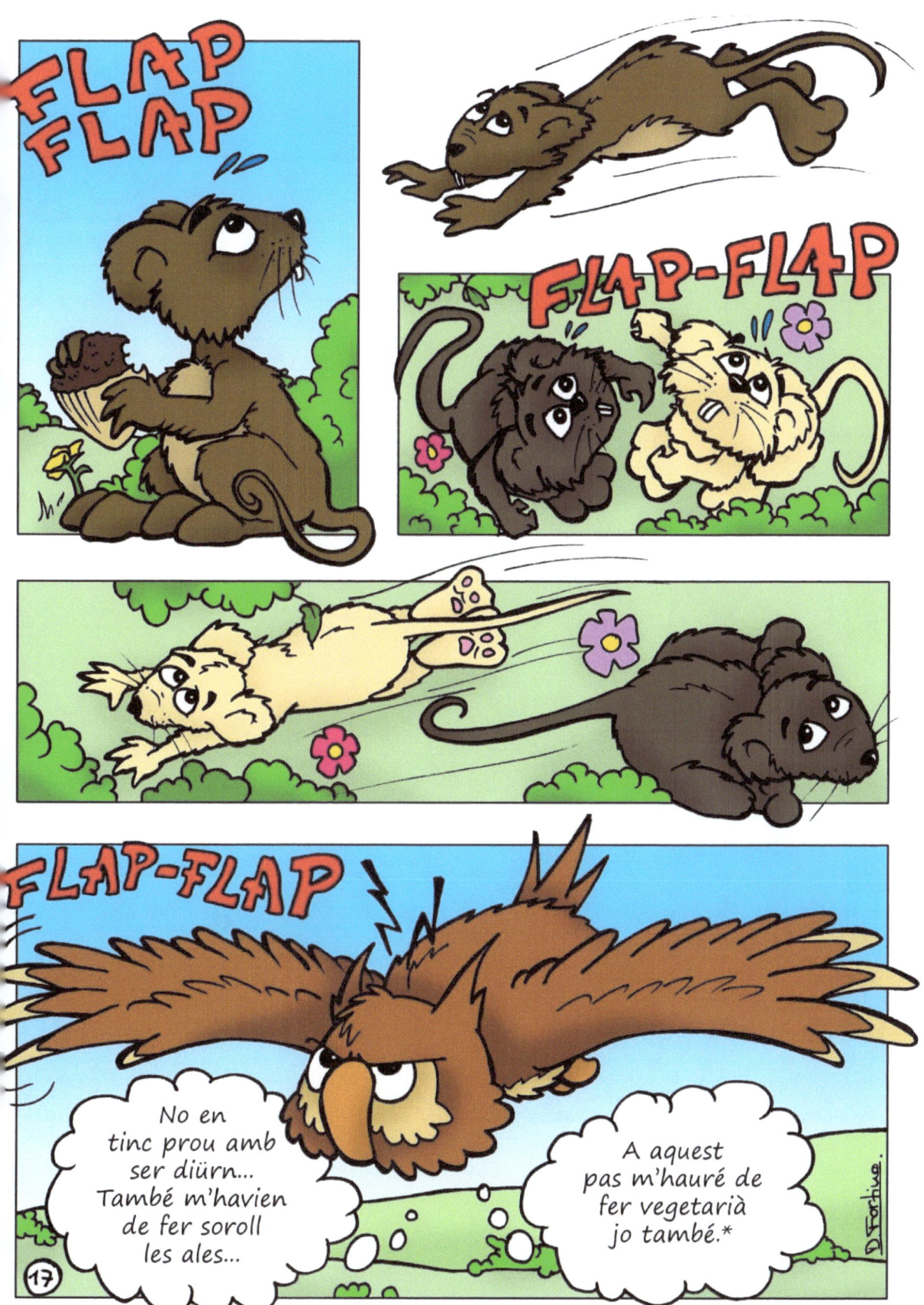

*Als mussols no els hi fan soroll les ales al volar.

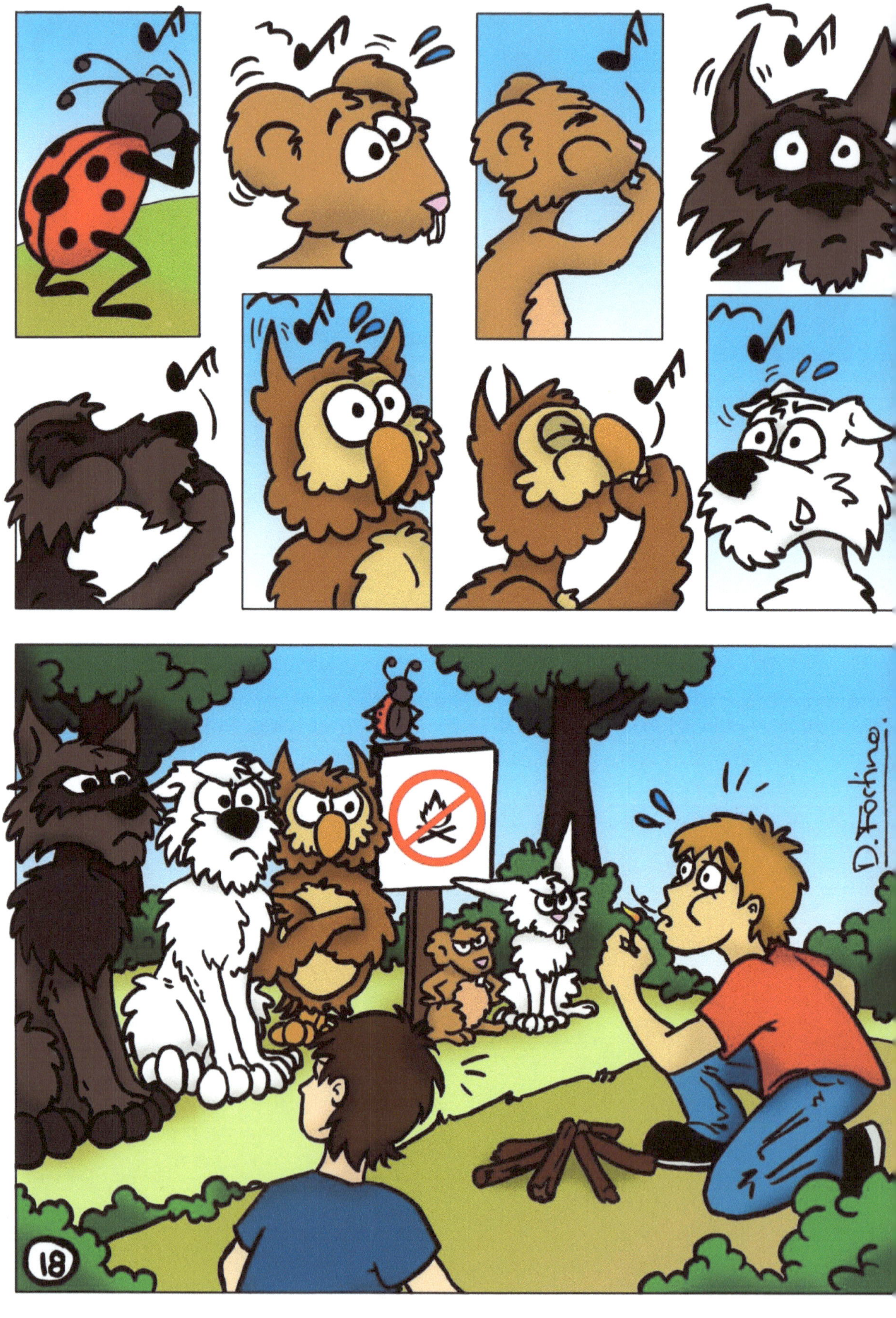

18

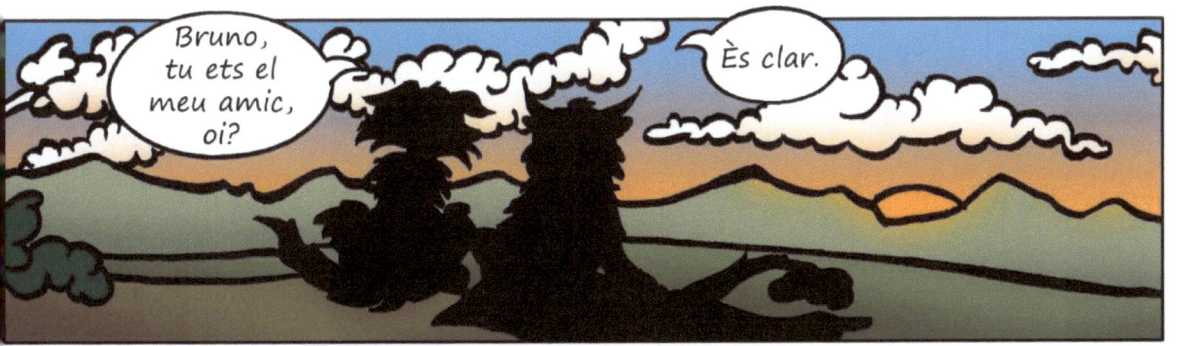
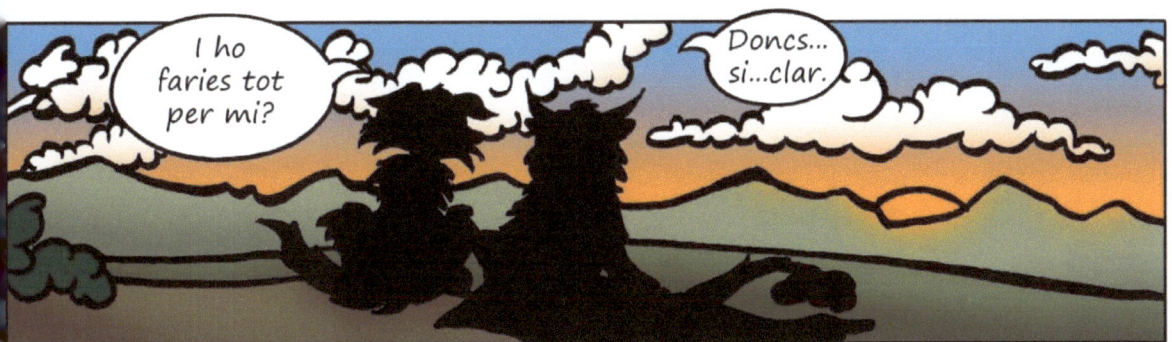
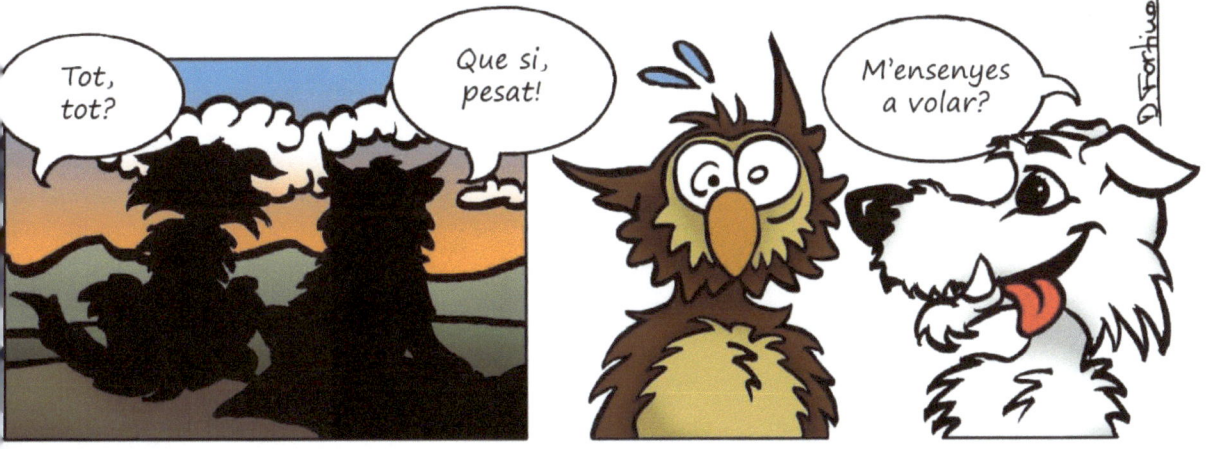
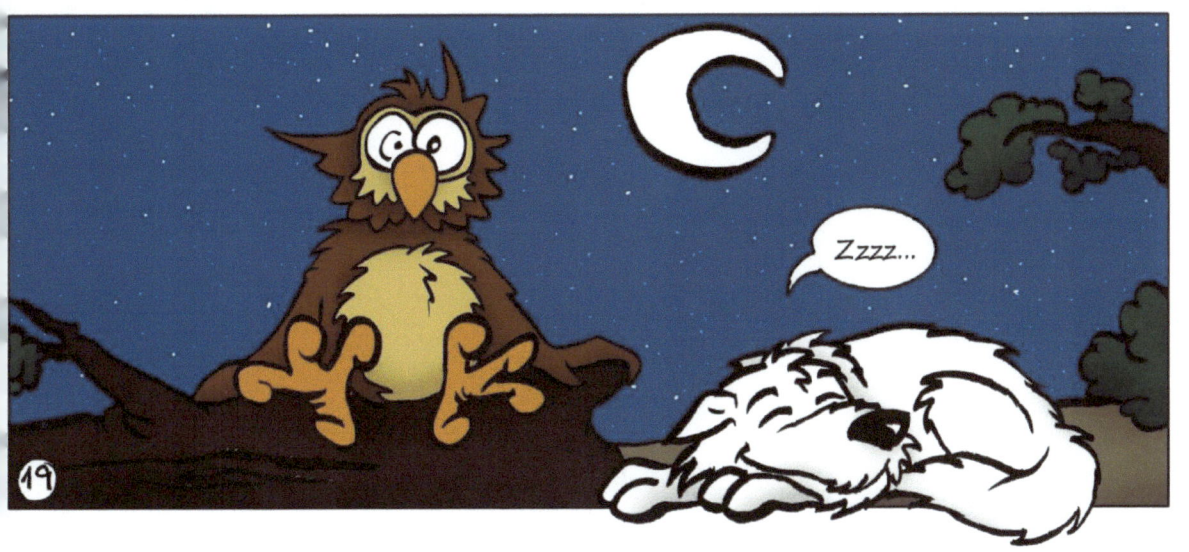

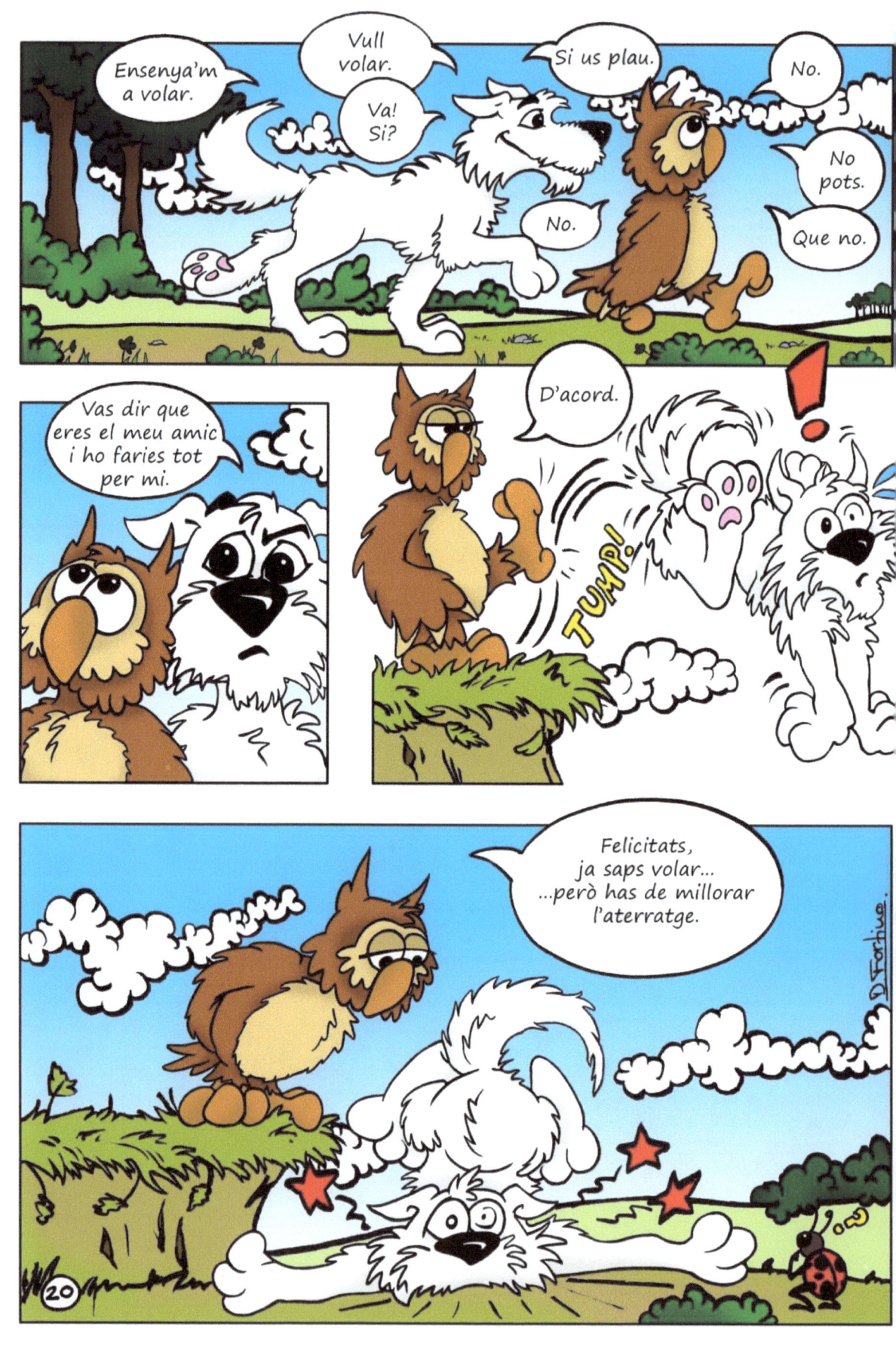

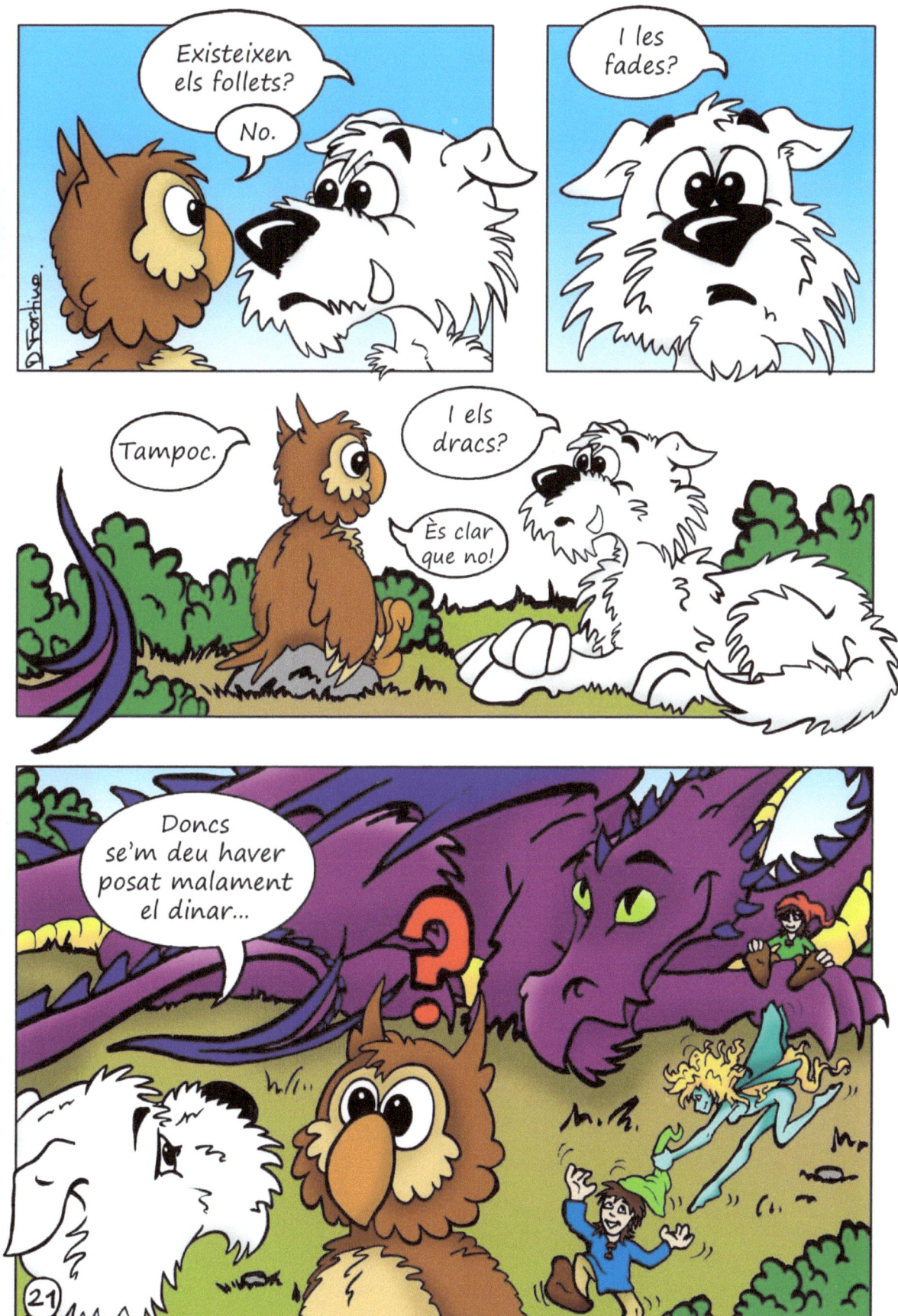

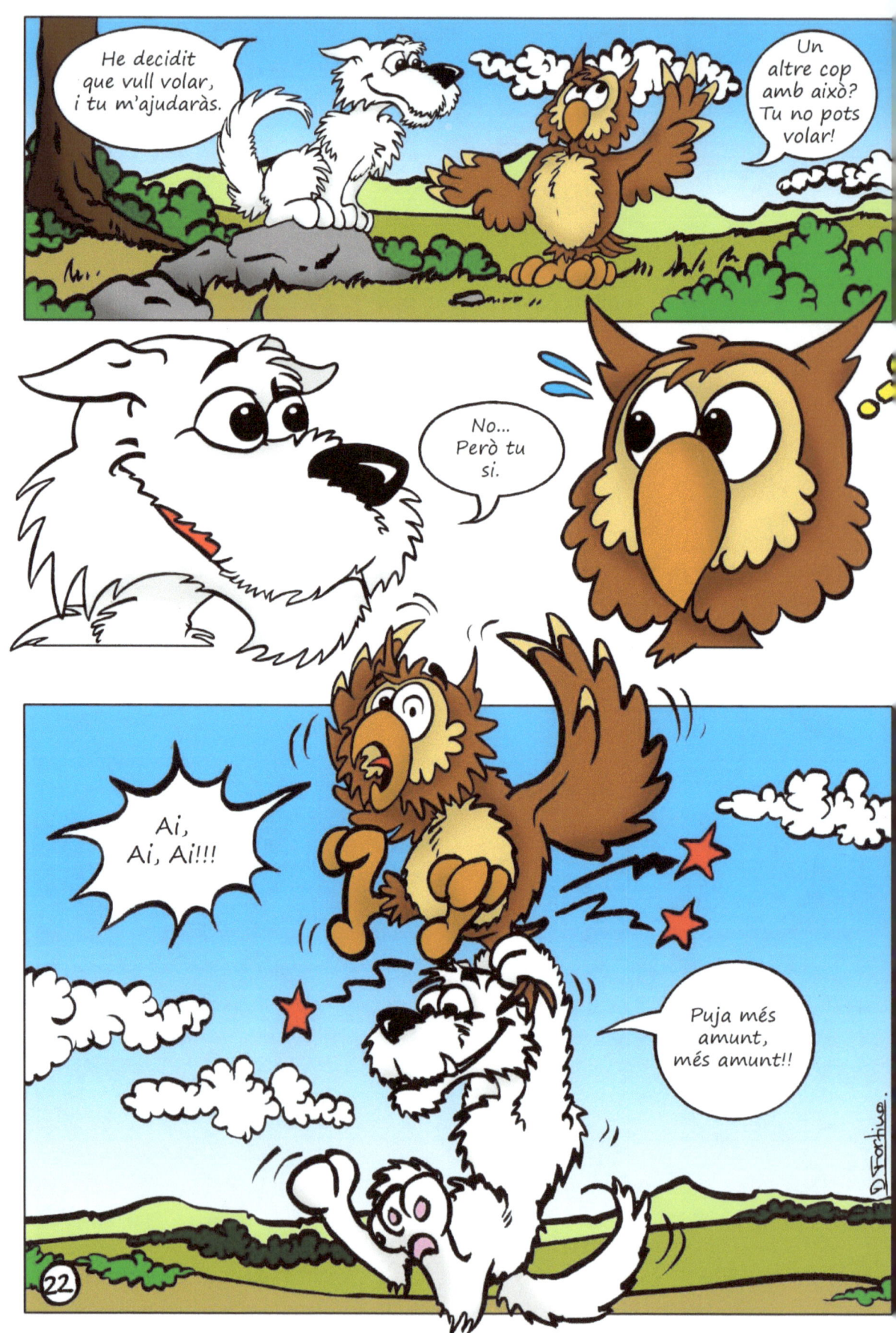

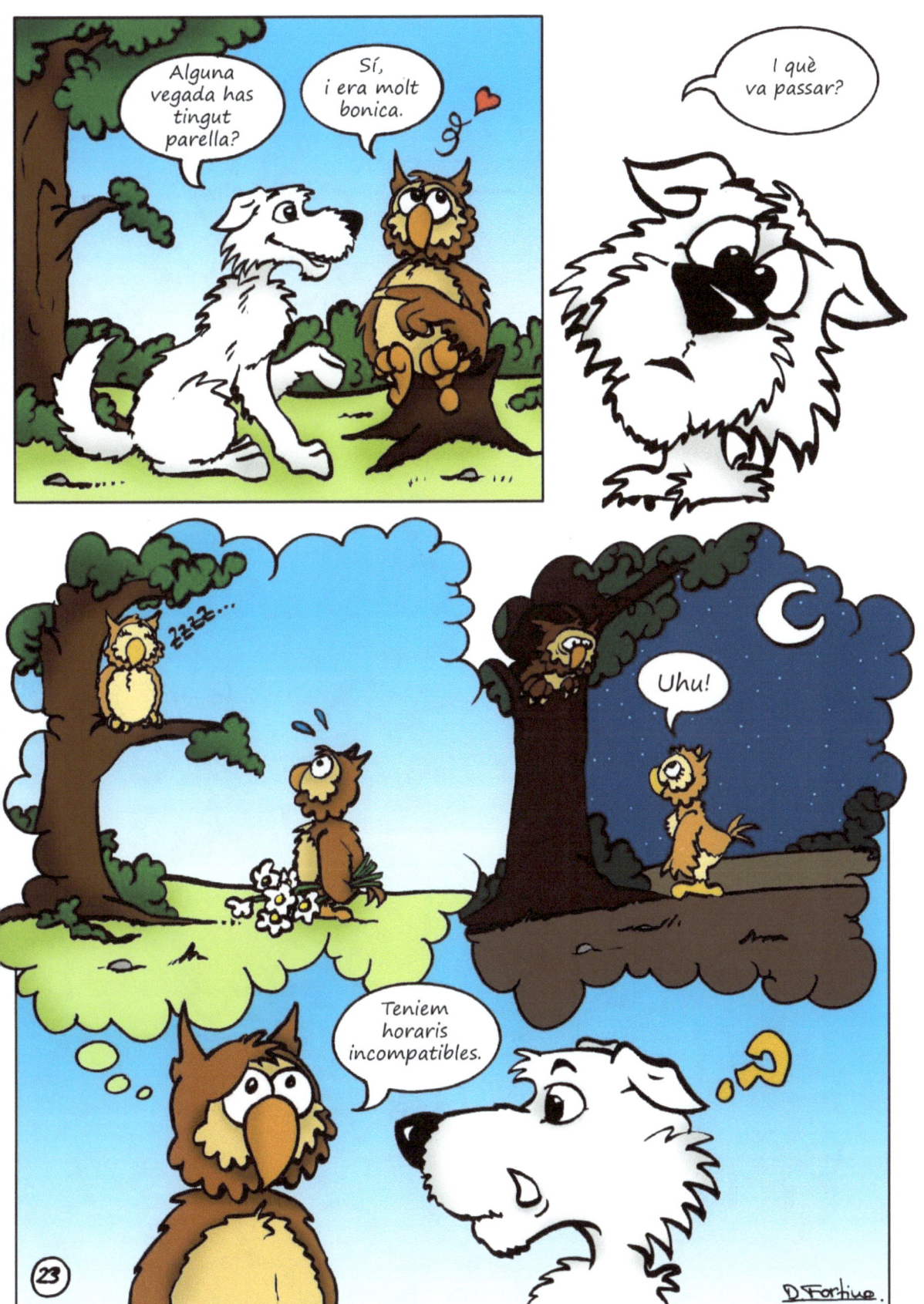

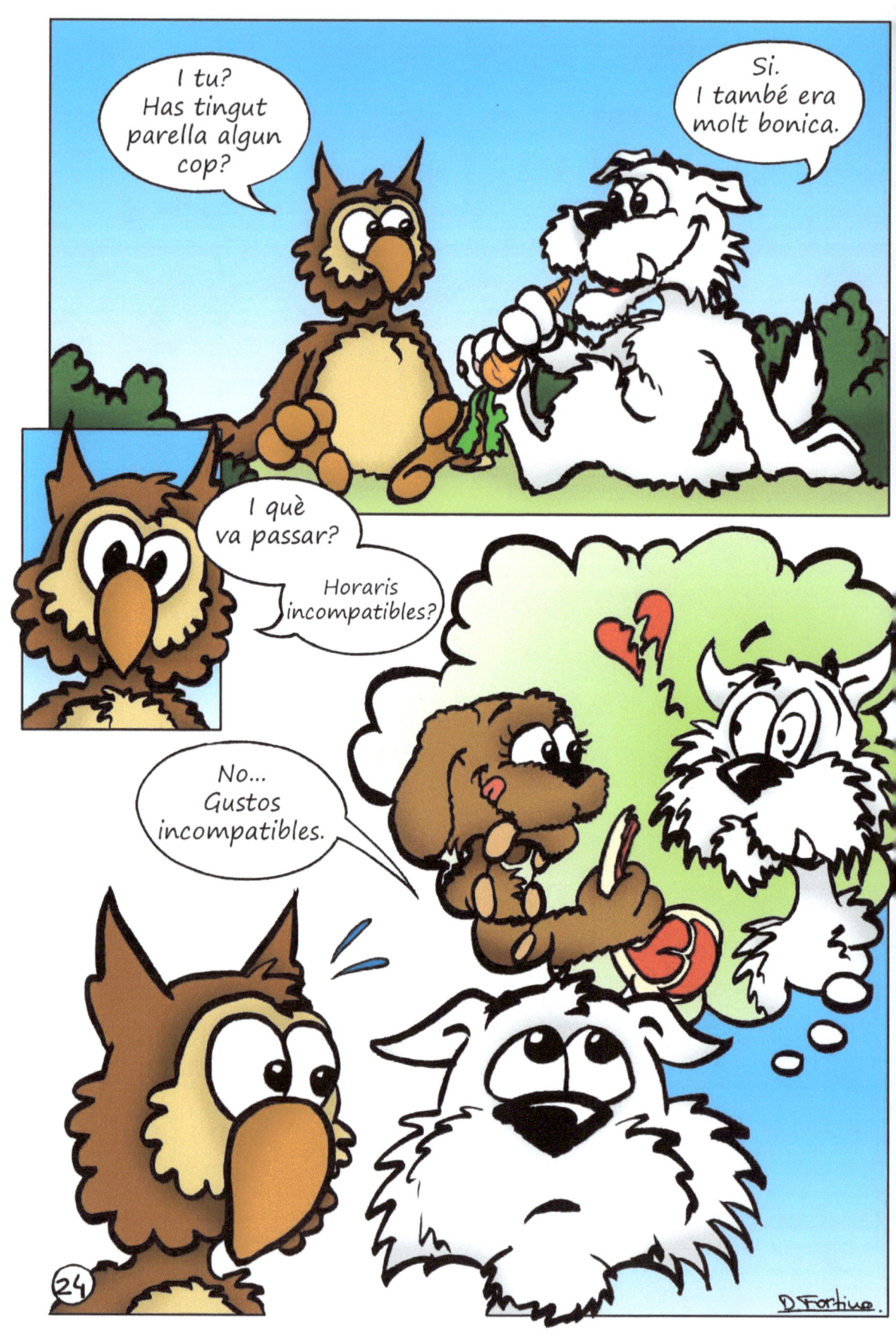

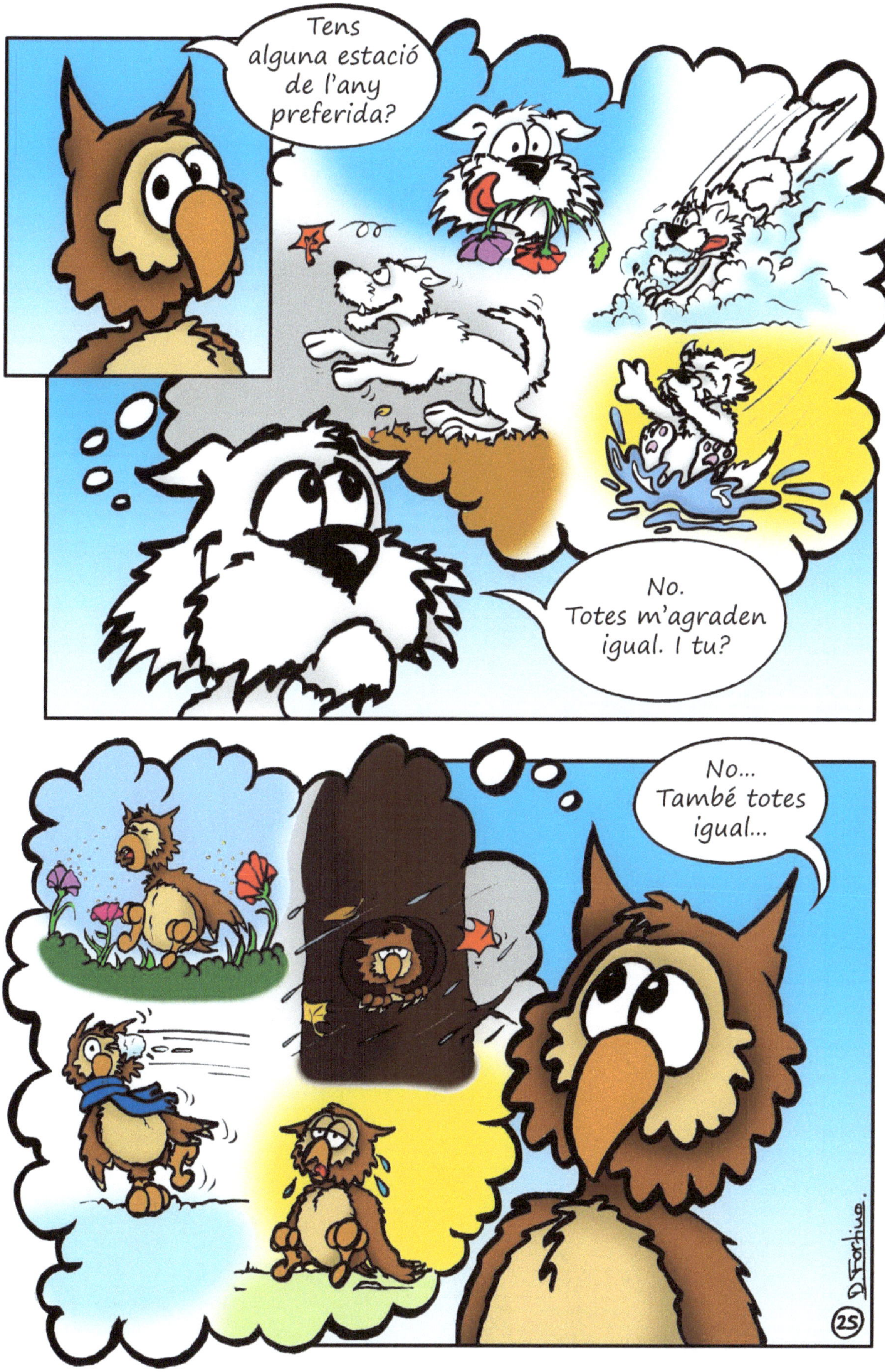

Tens alguna estació de l'any preferida?

No. Totes m'agraden igual. I tu?

No... També totes igual...

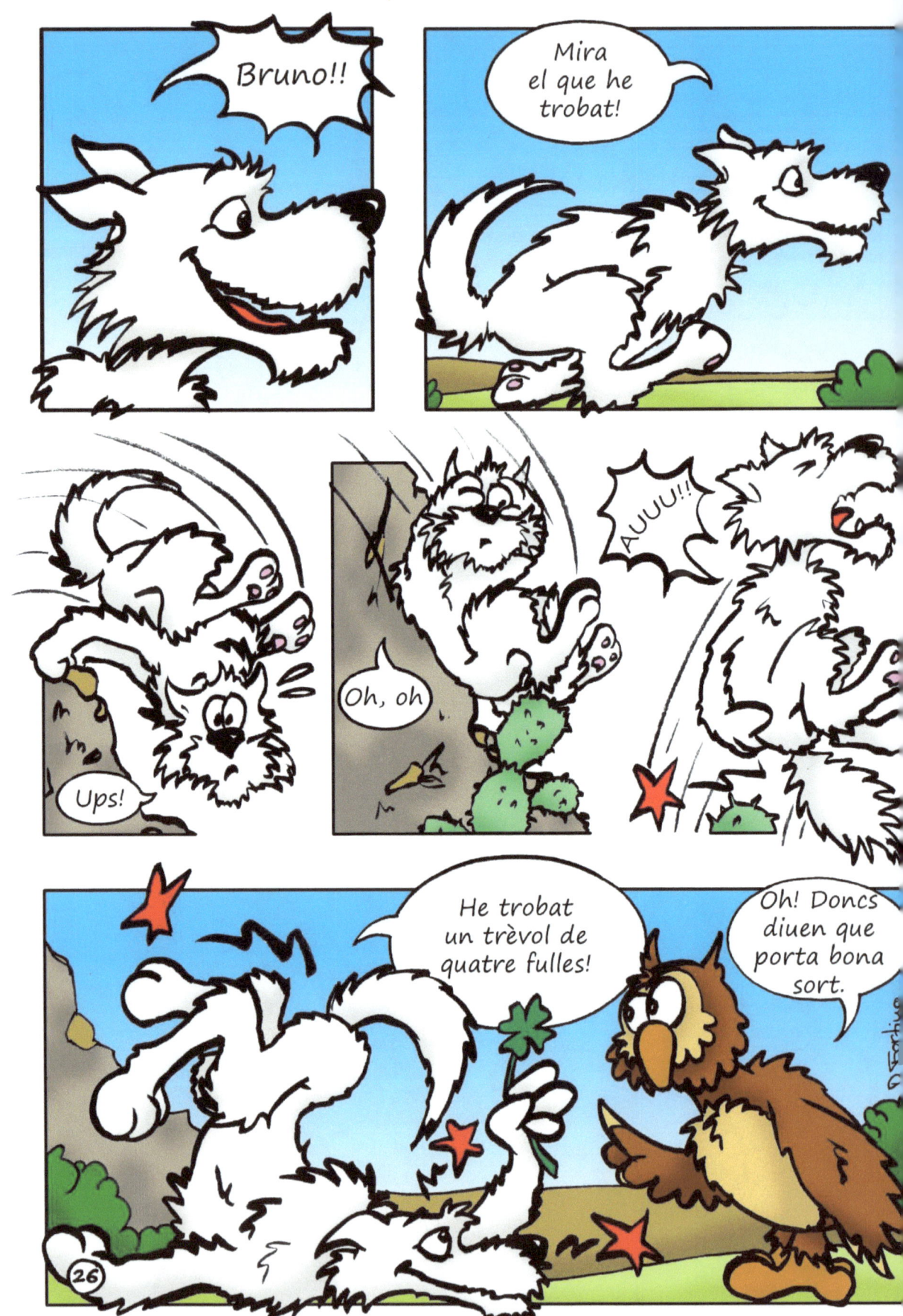

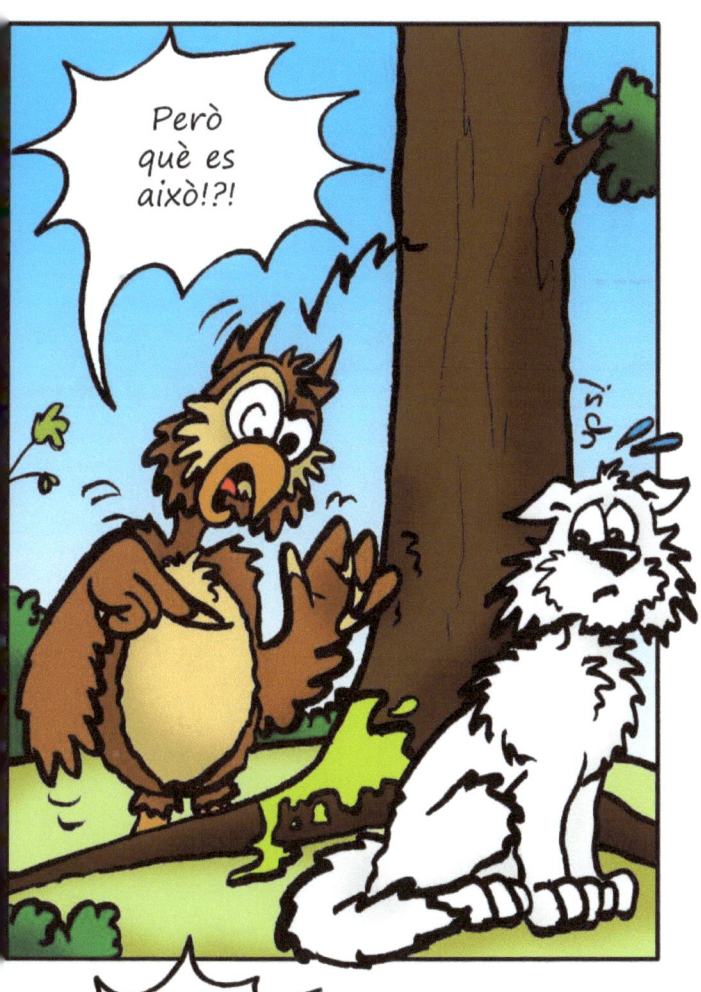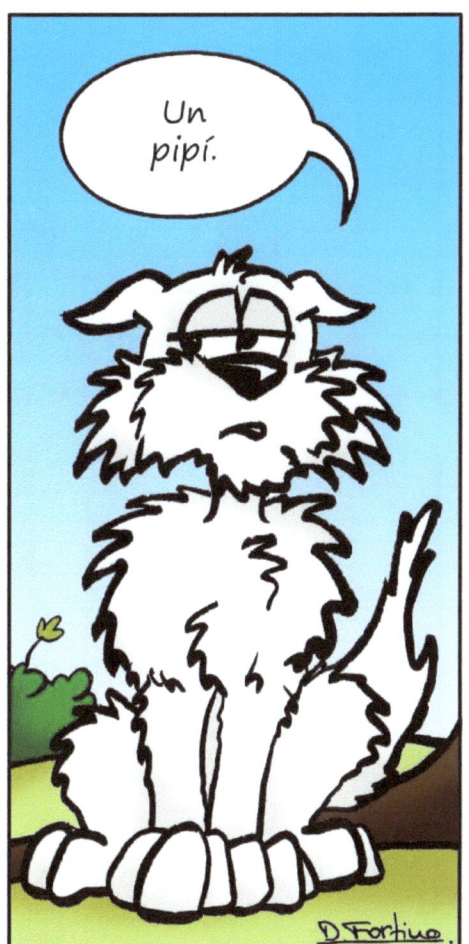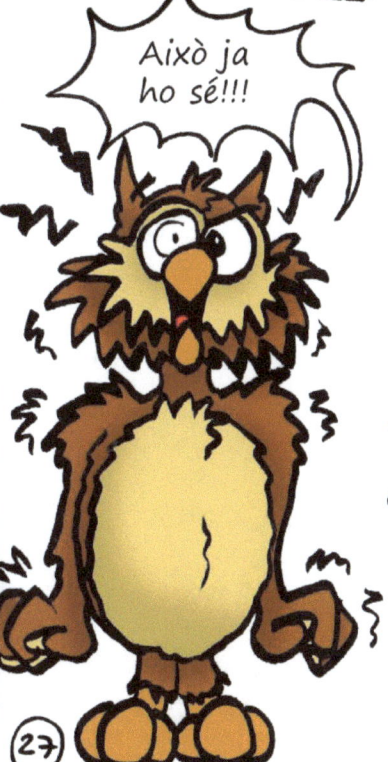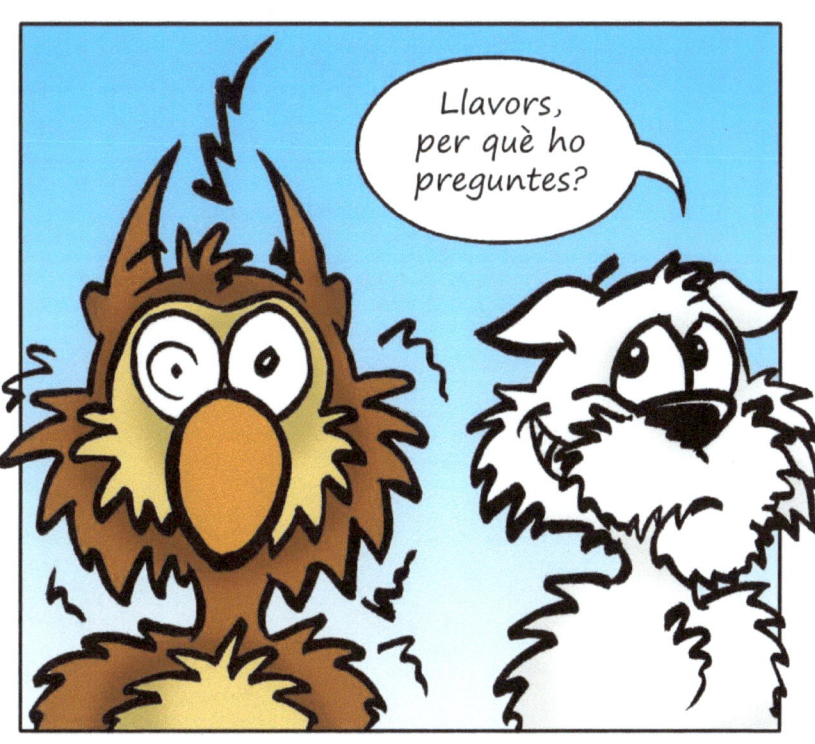

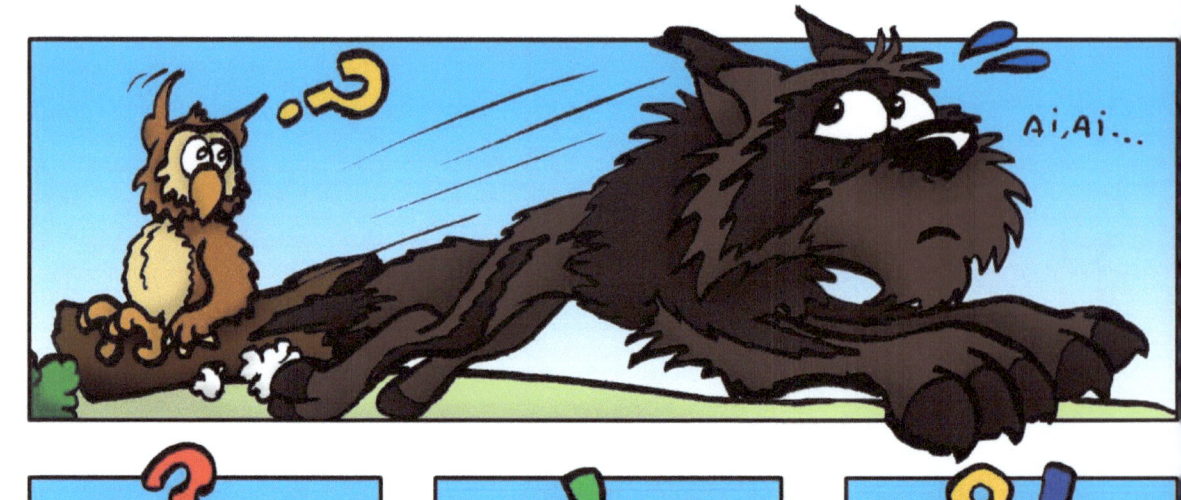
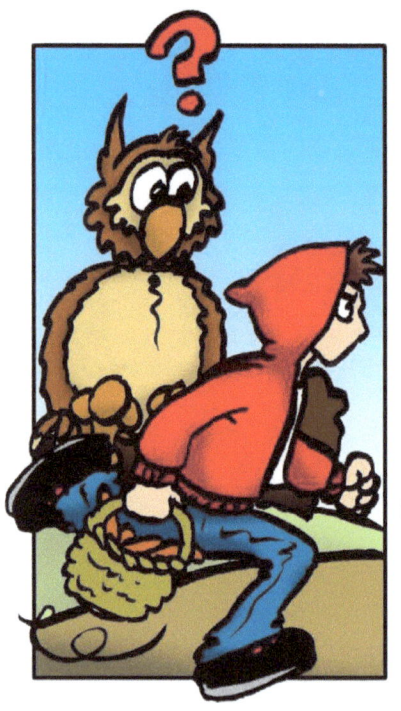
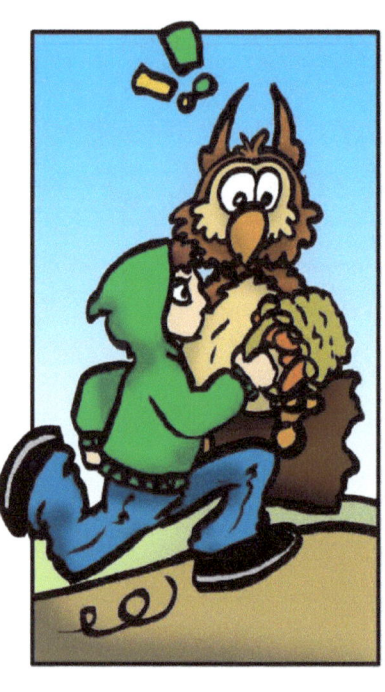
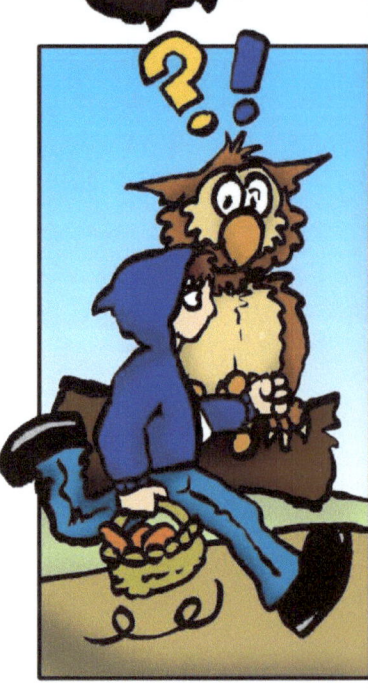
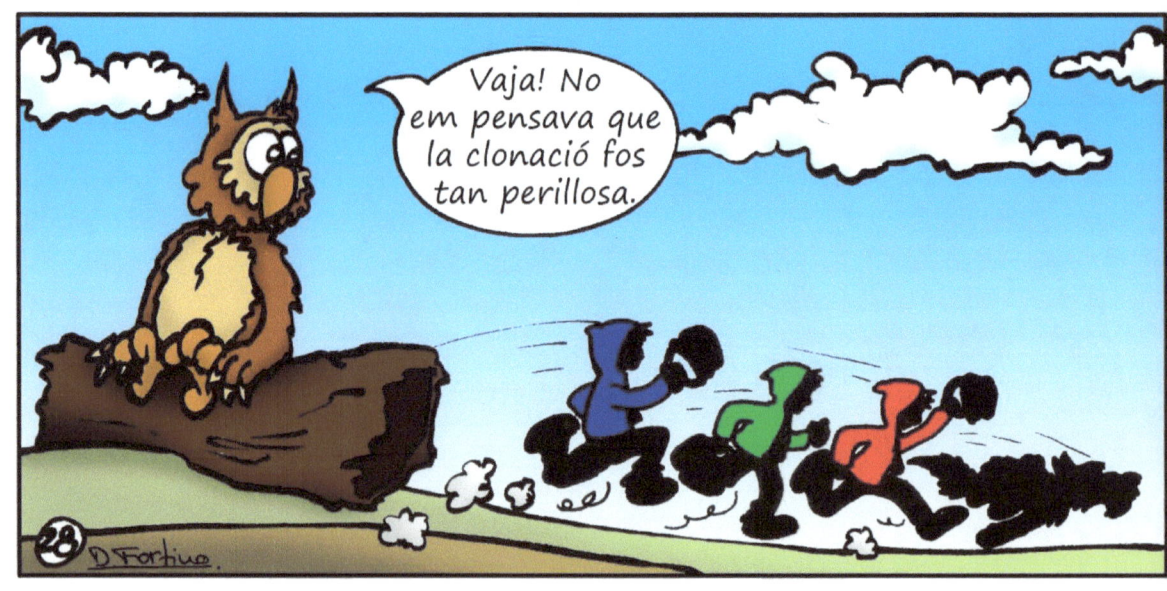

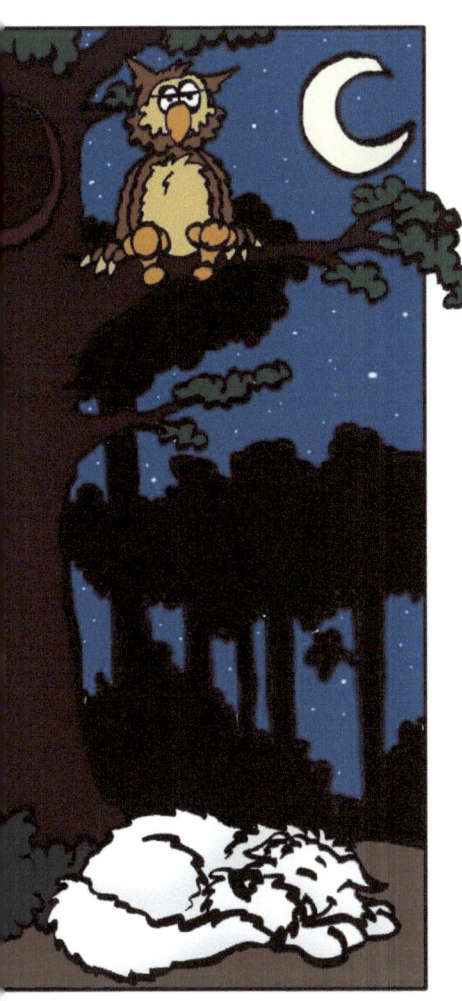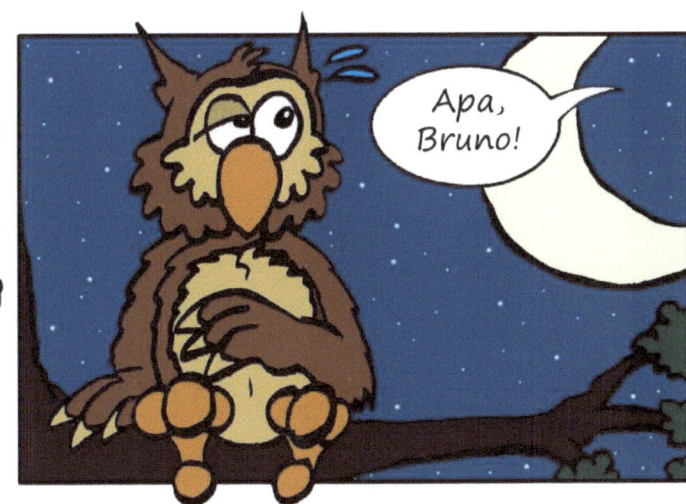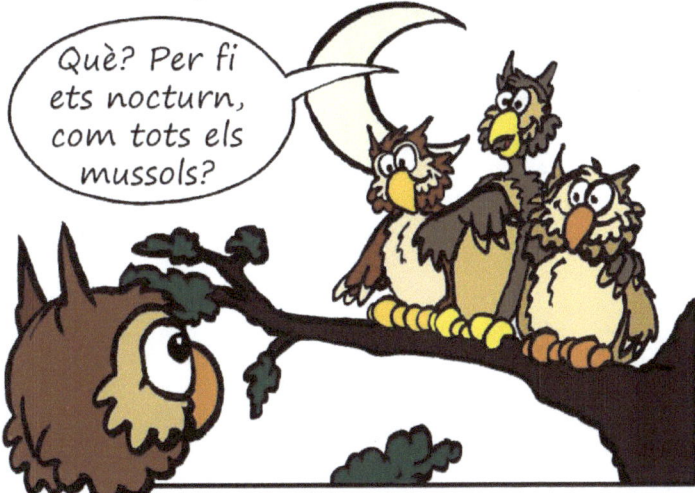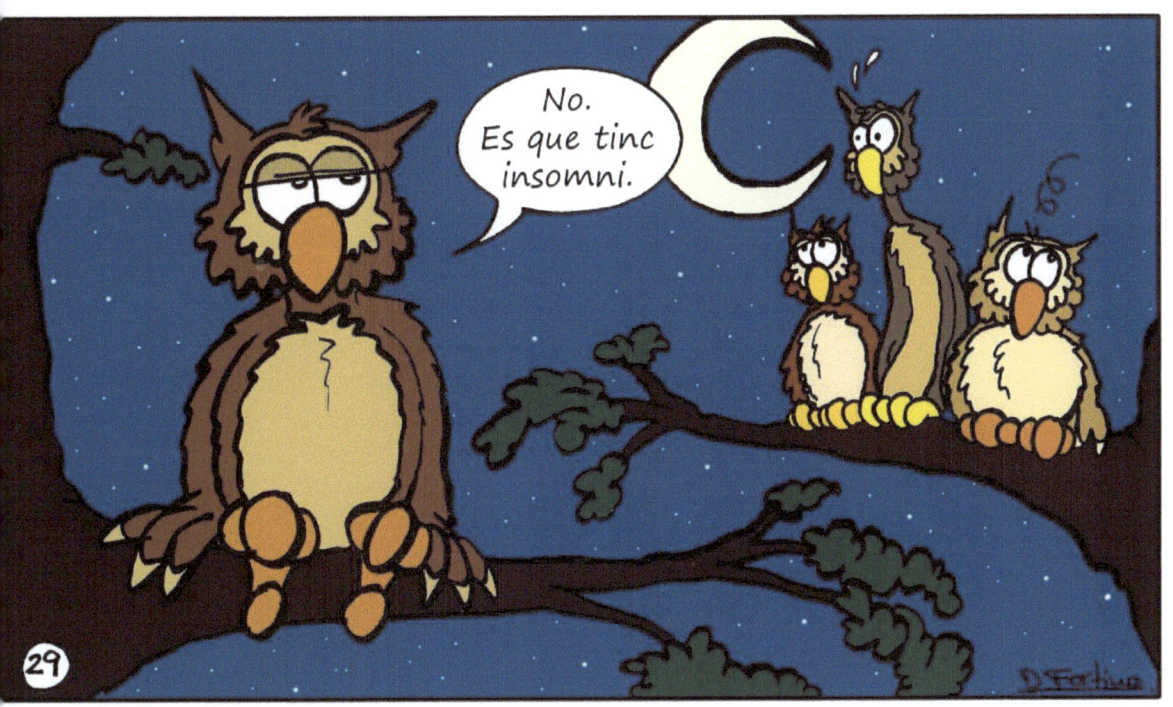

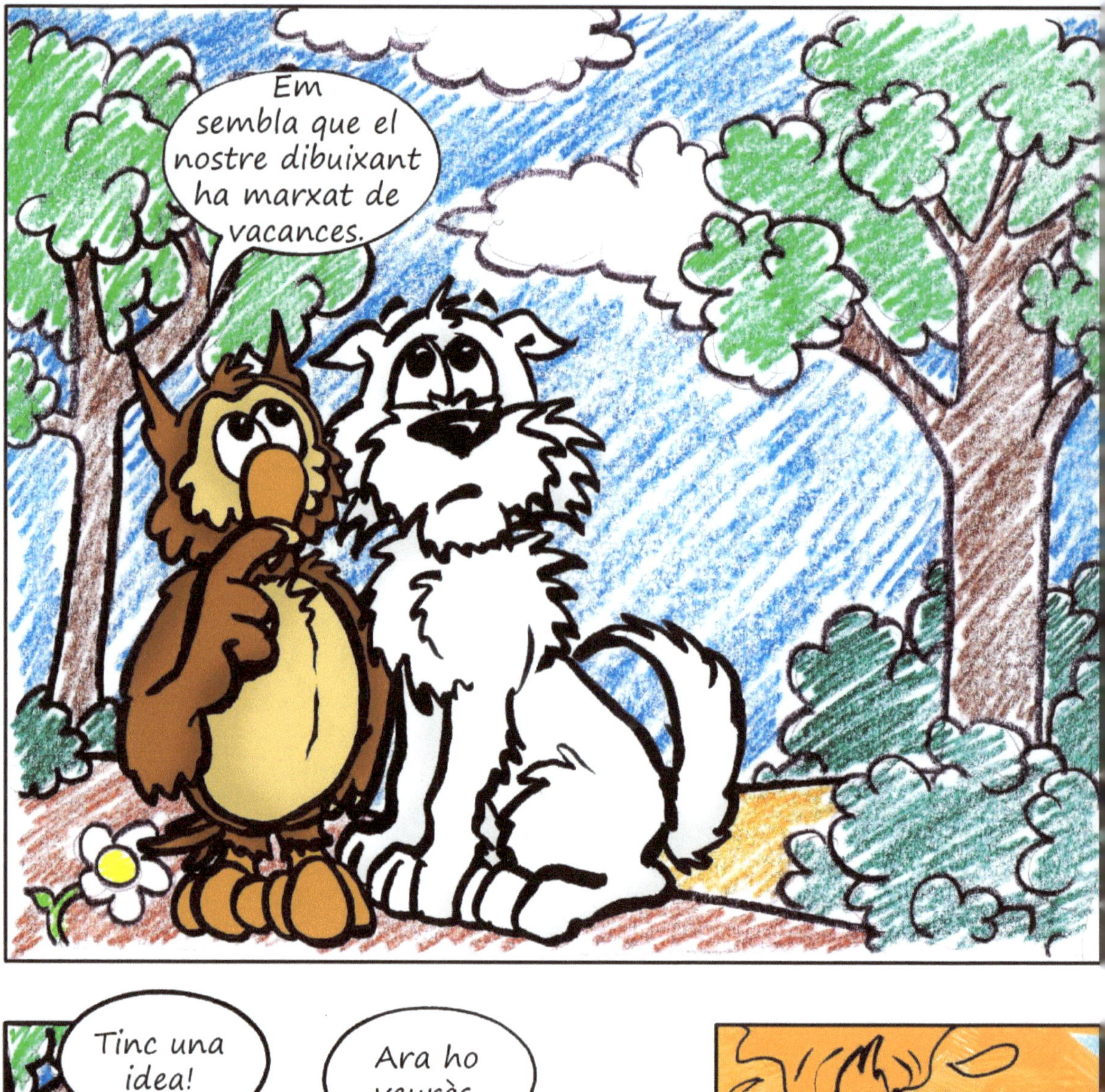

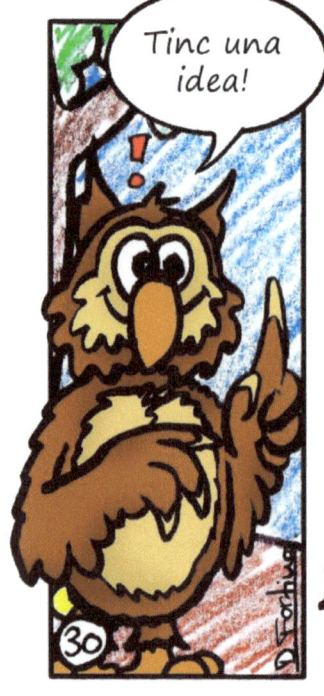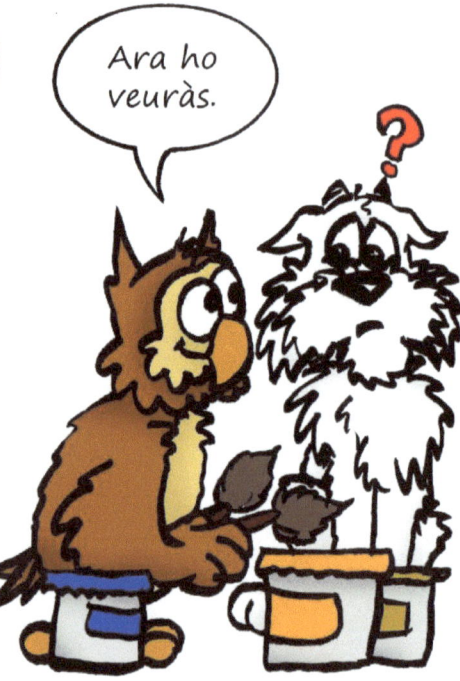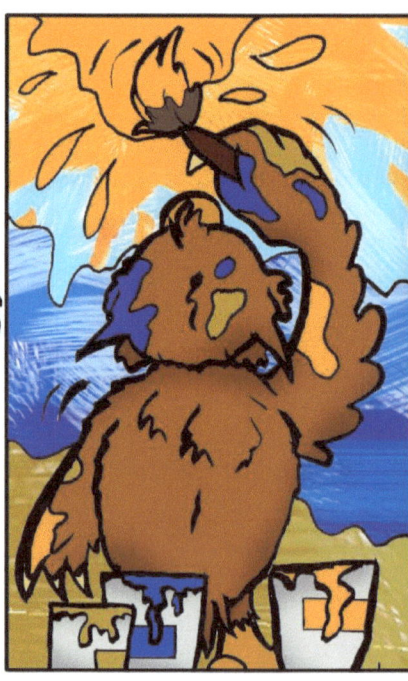

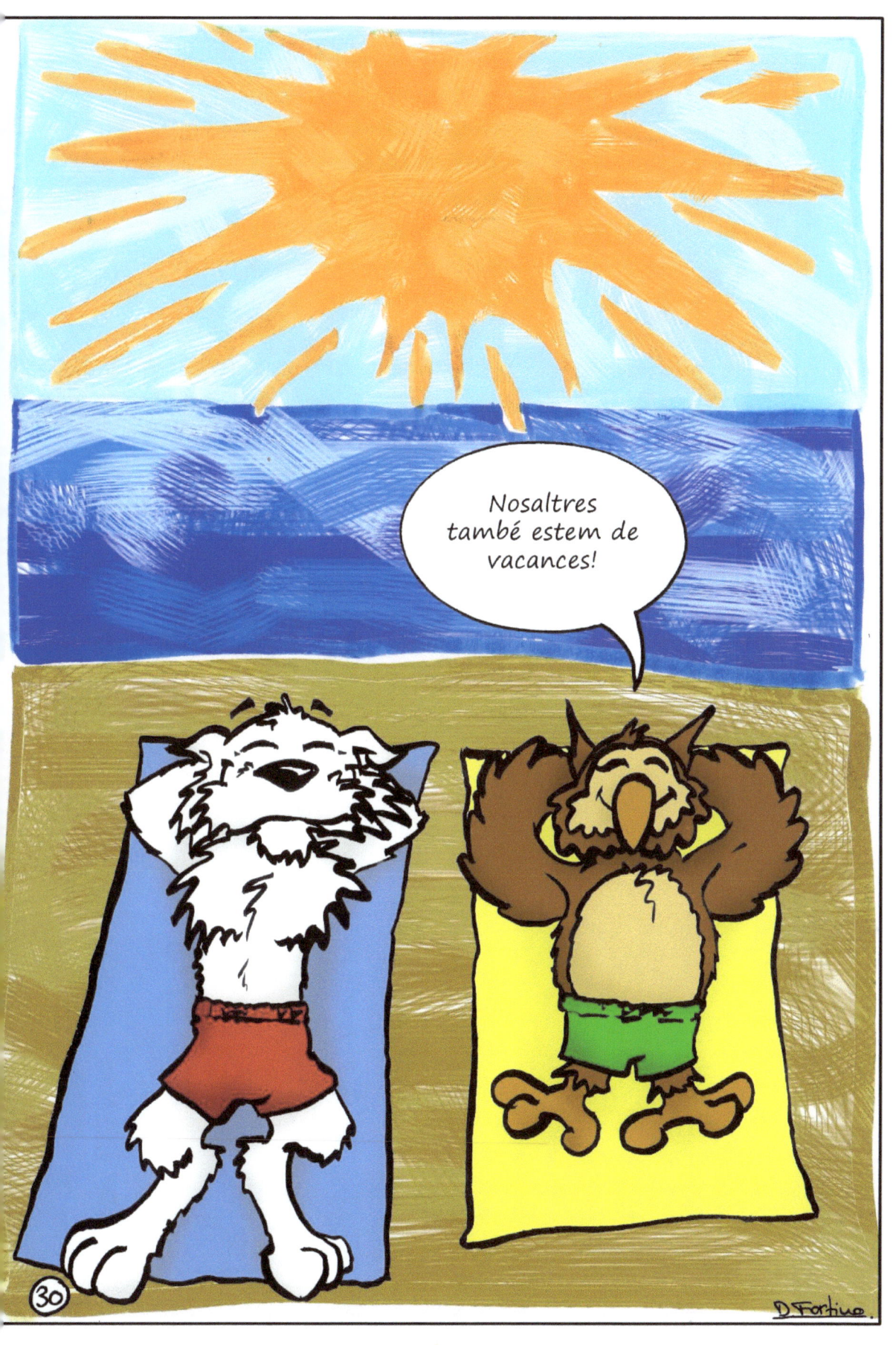

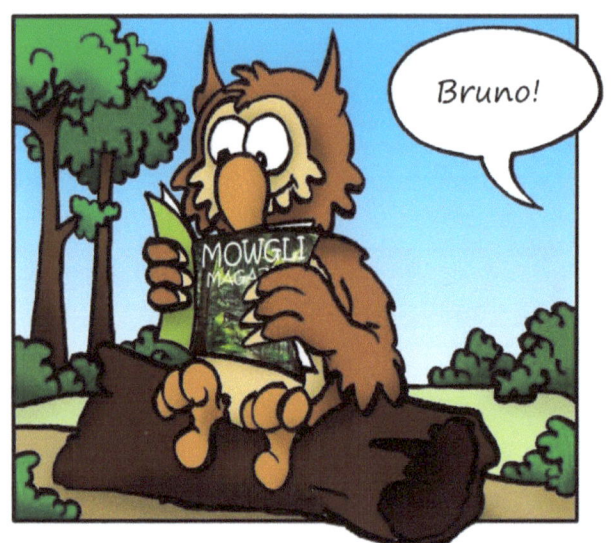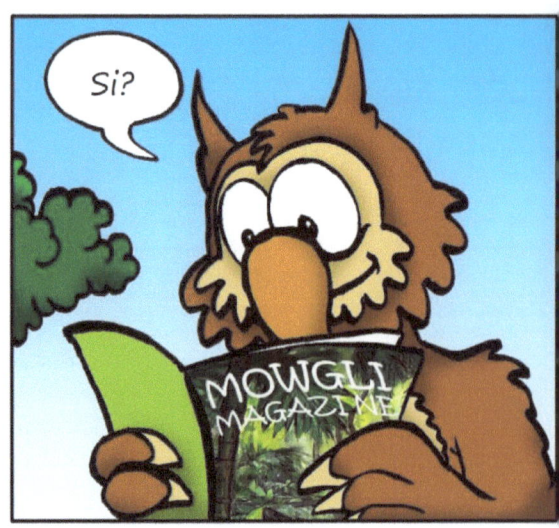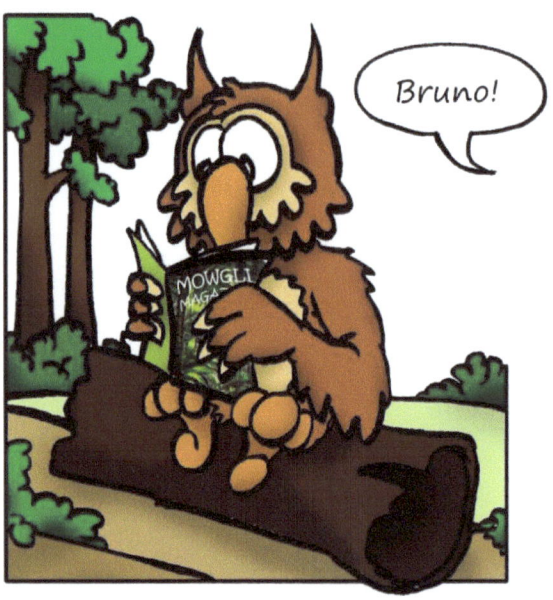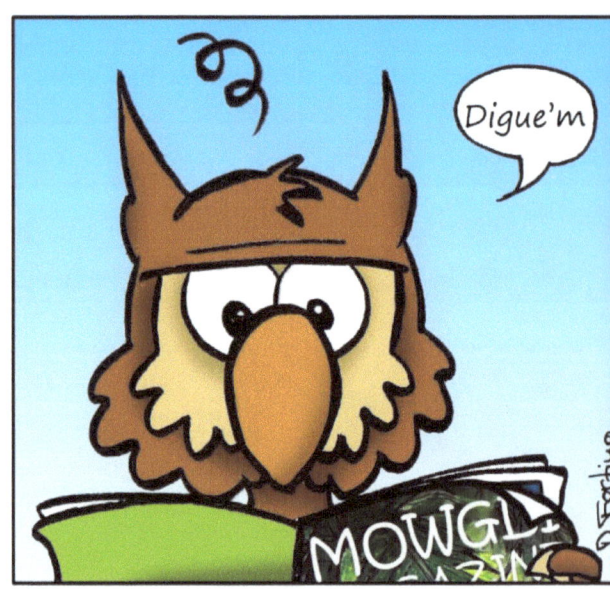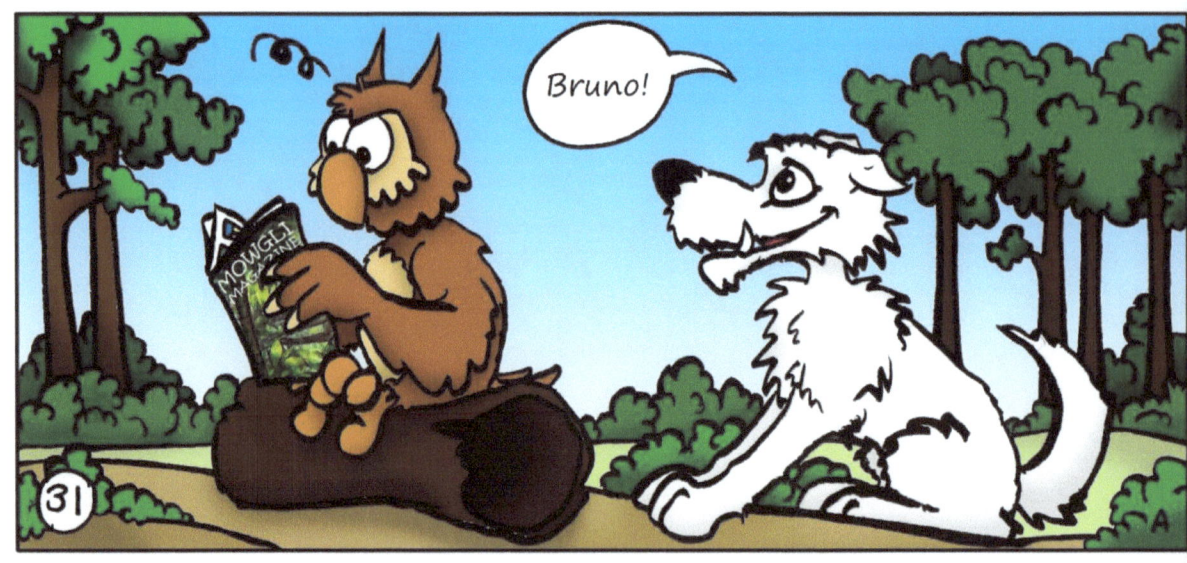

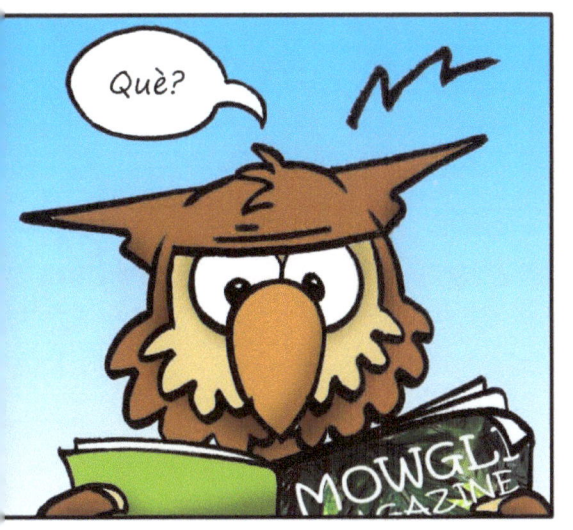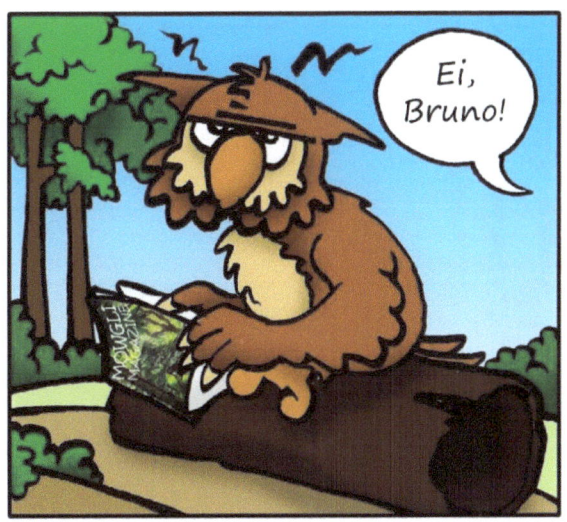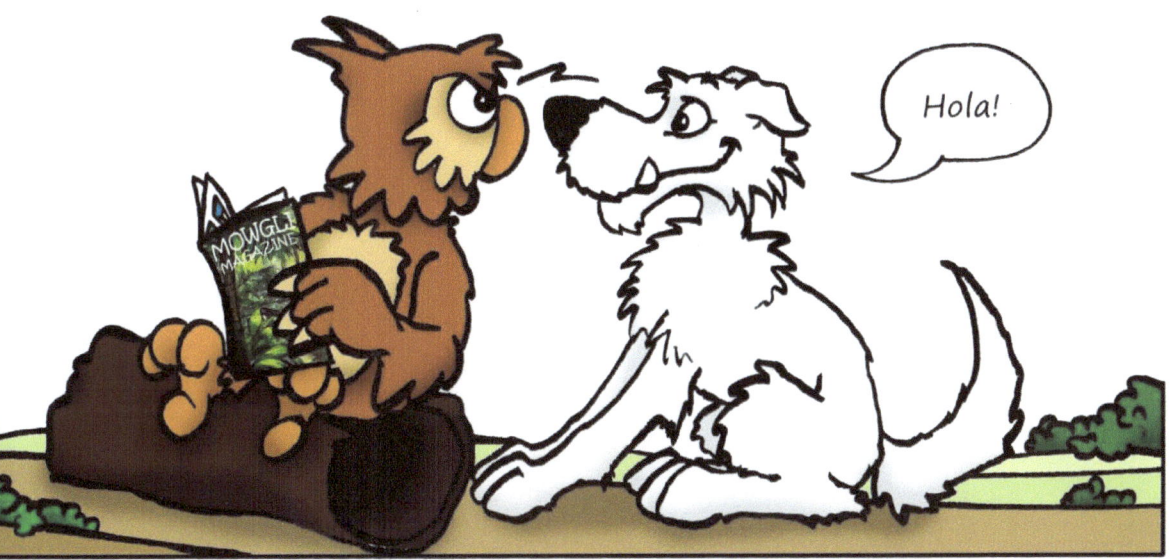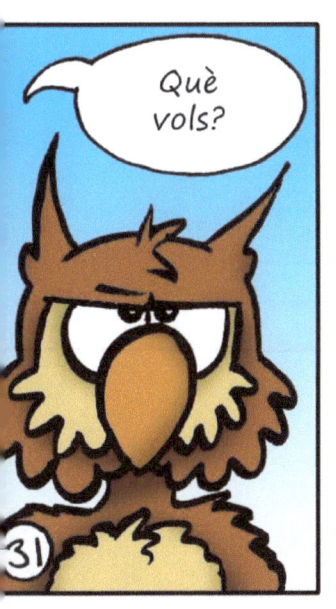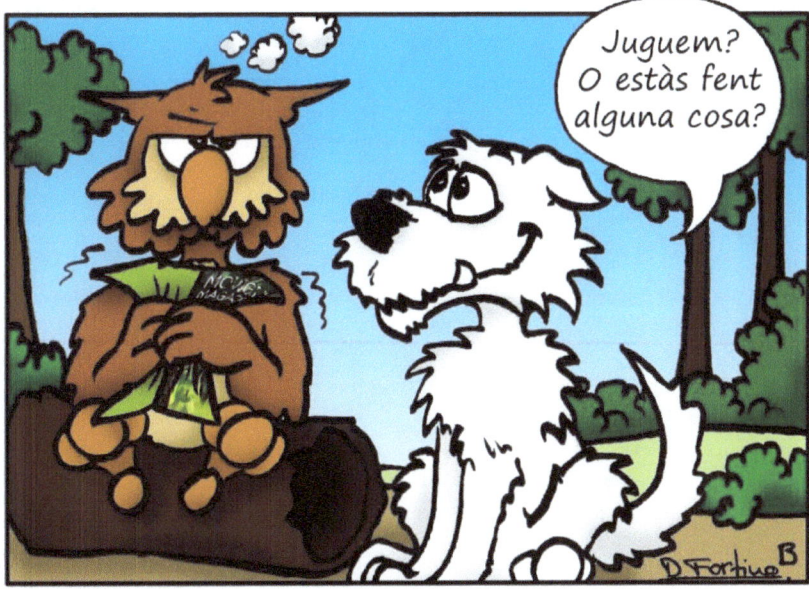

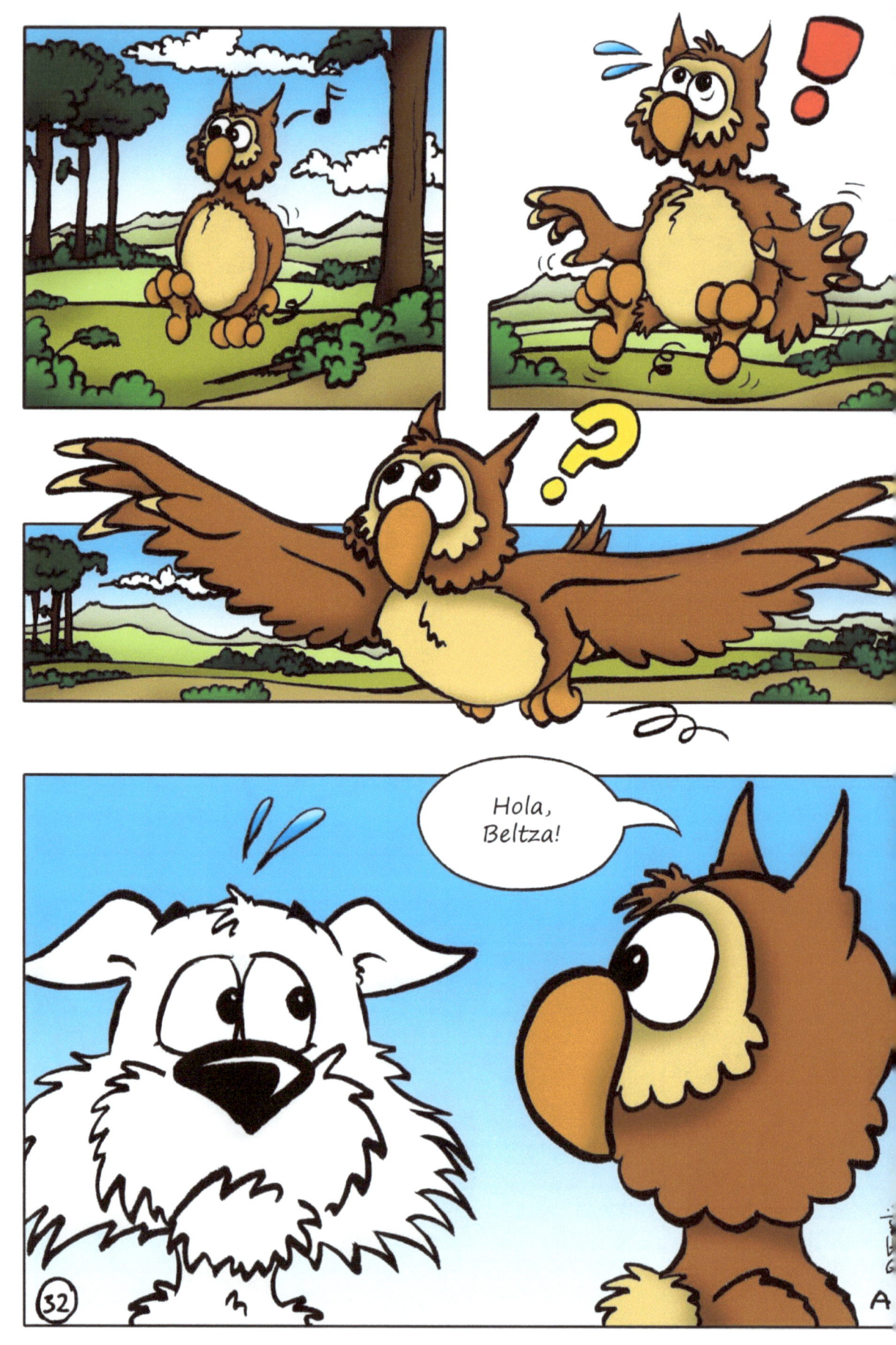

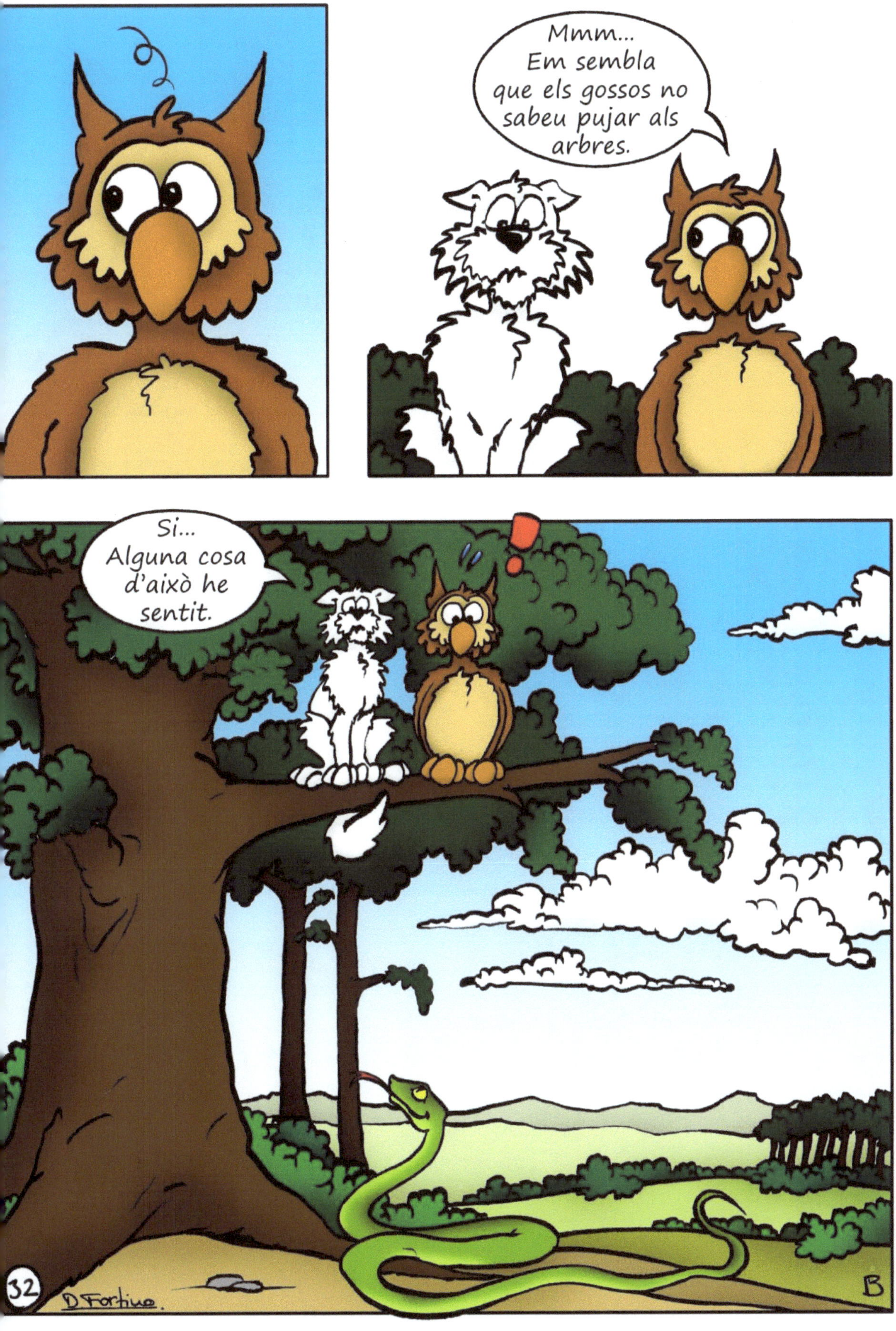

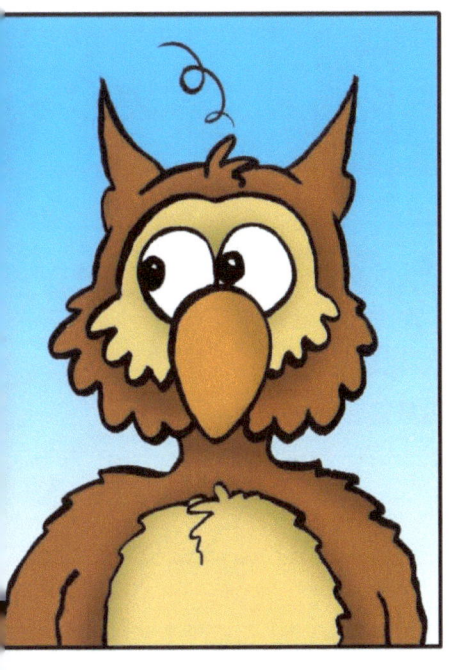
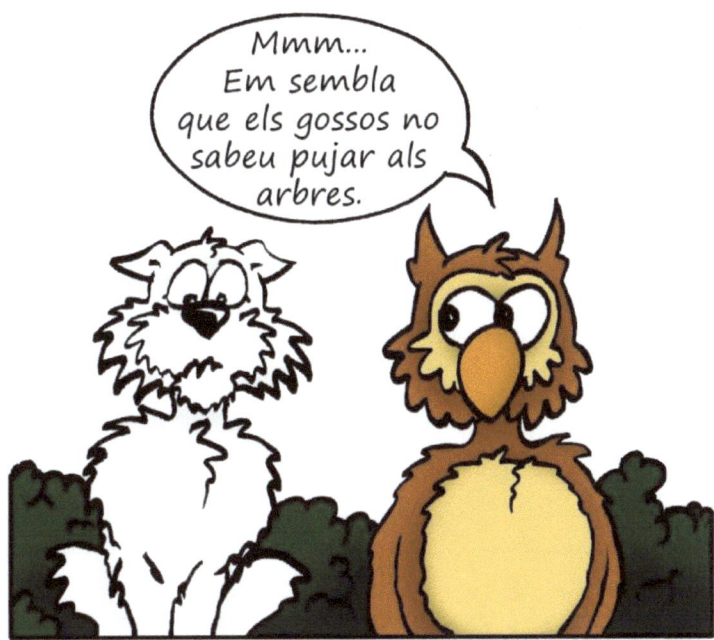

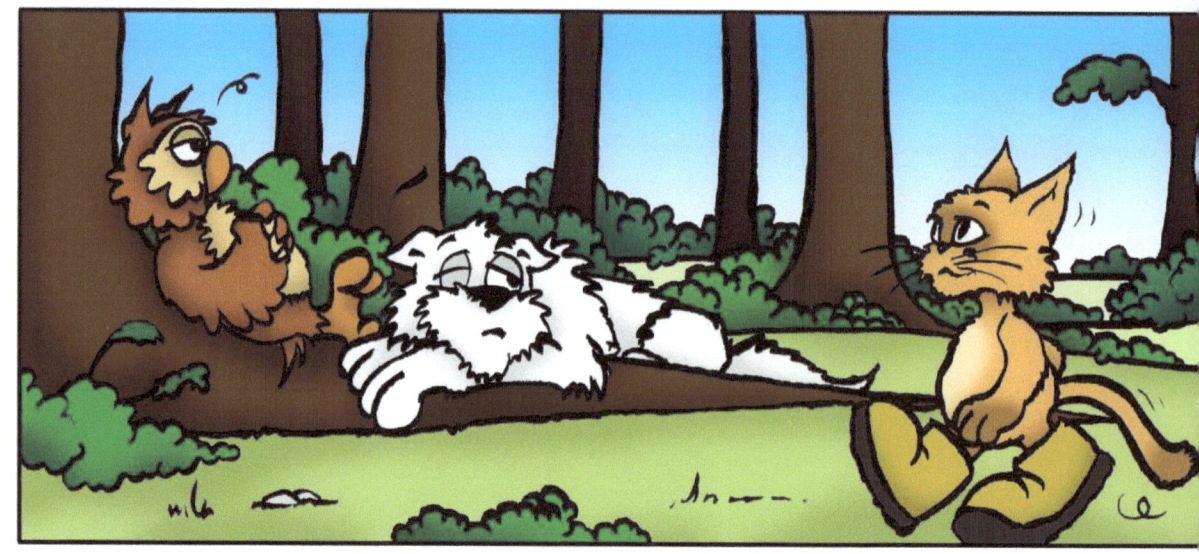
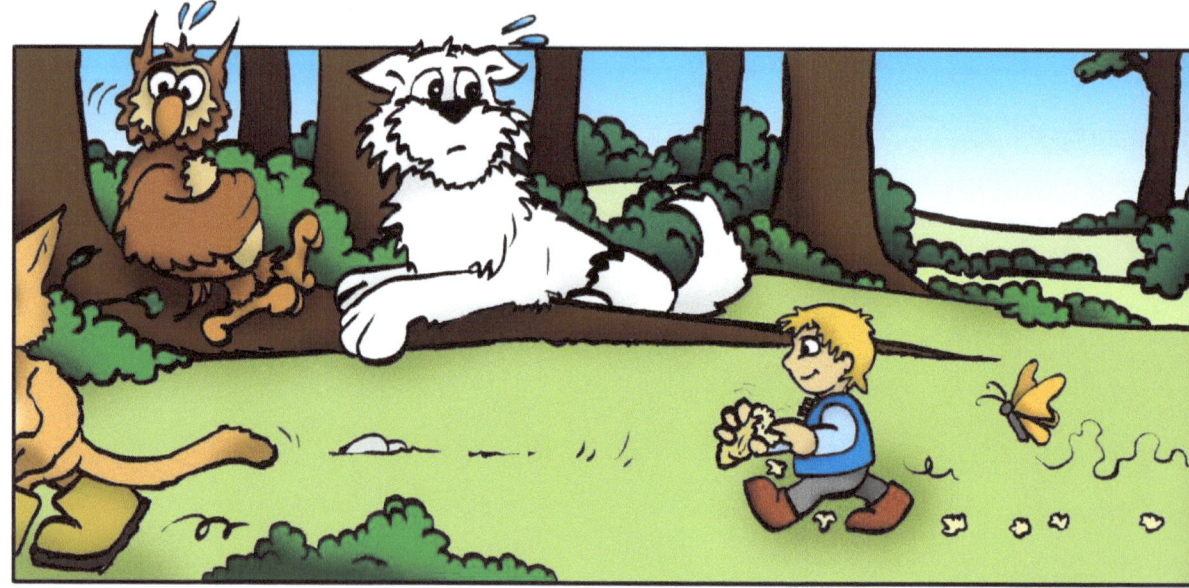
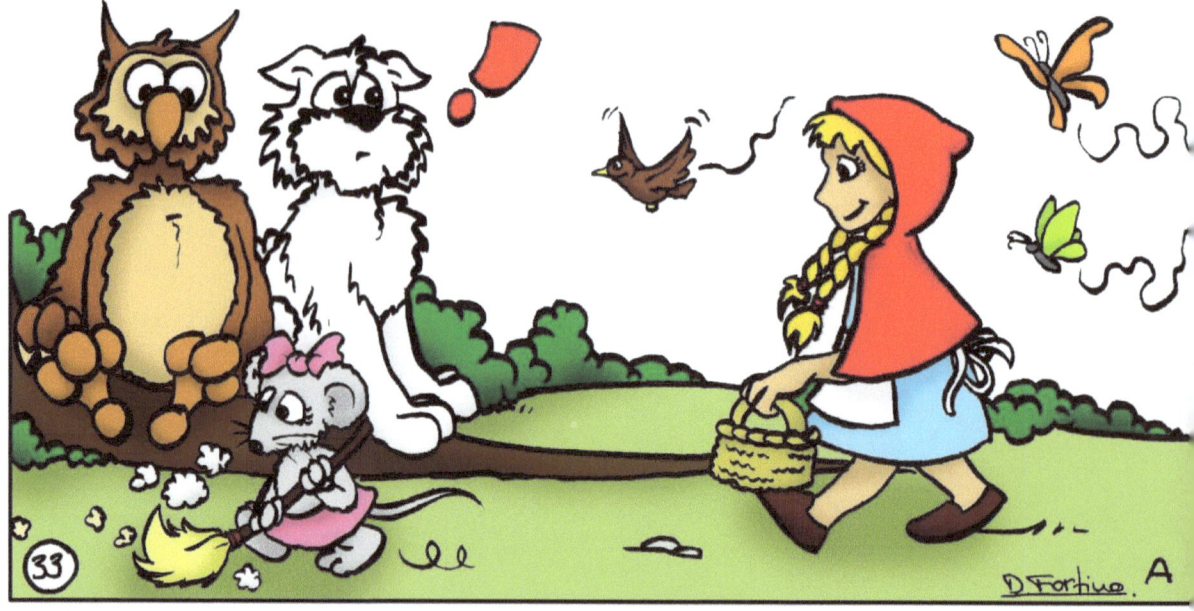

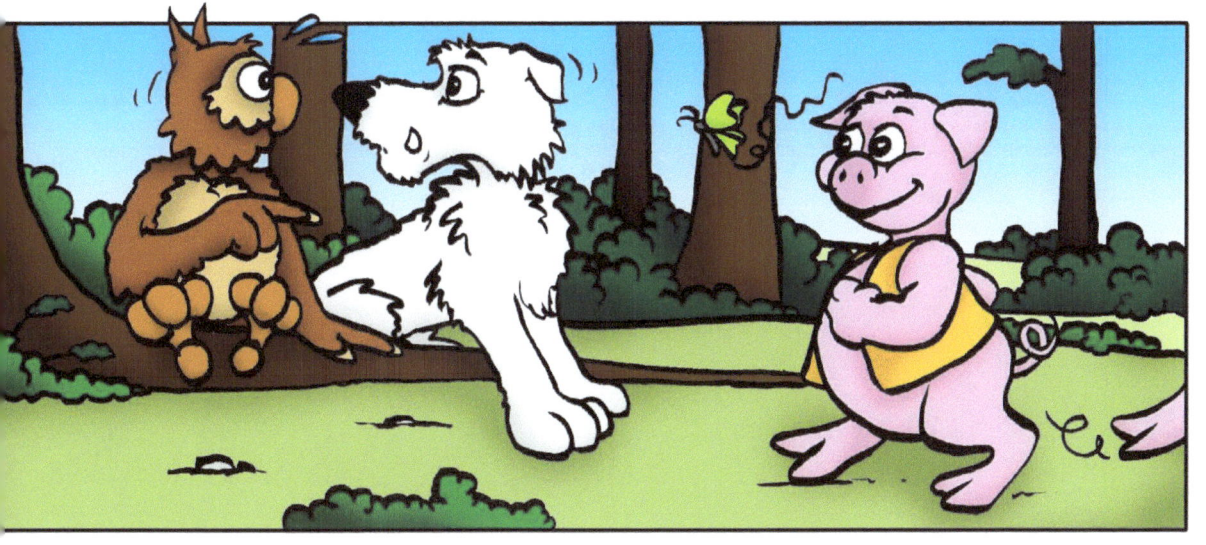
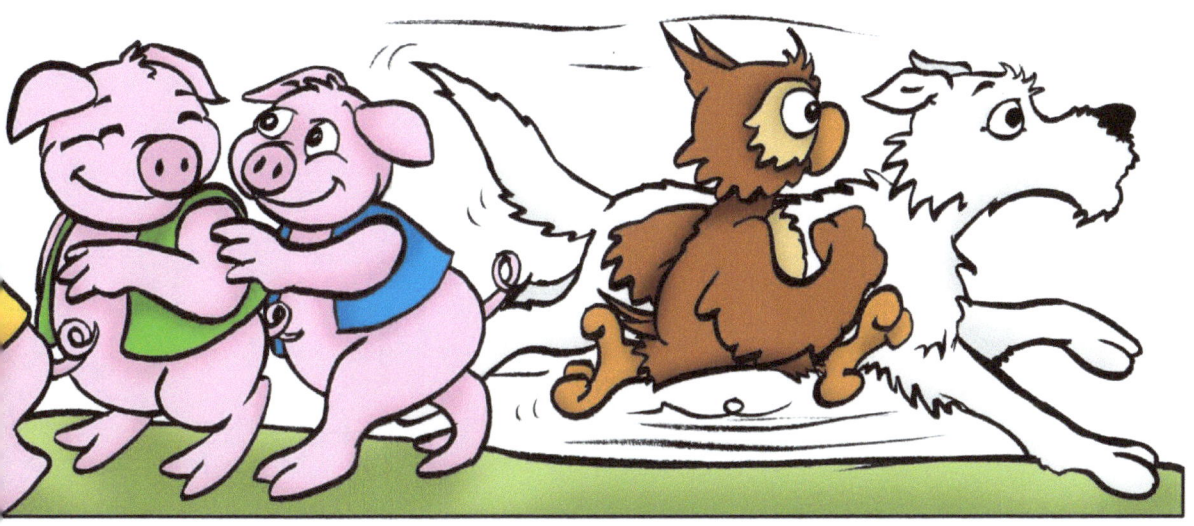
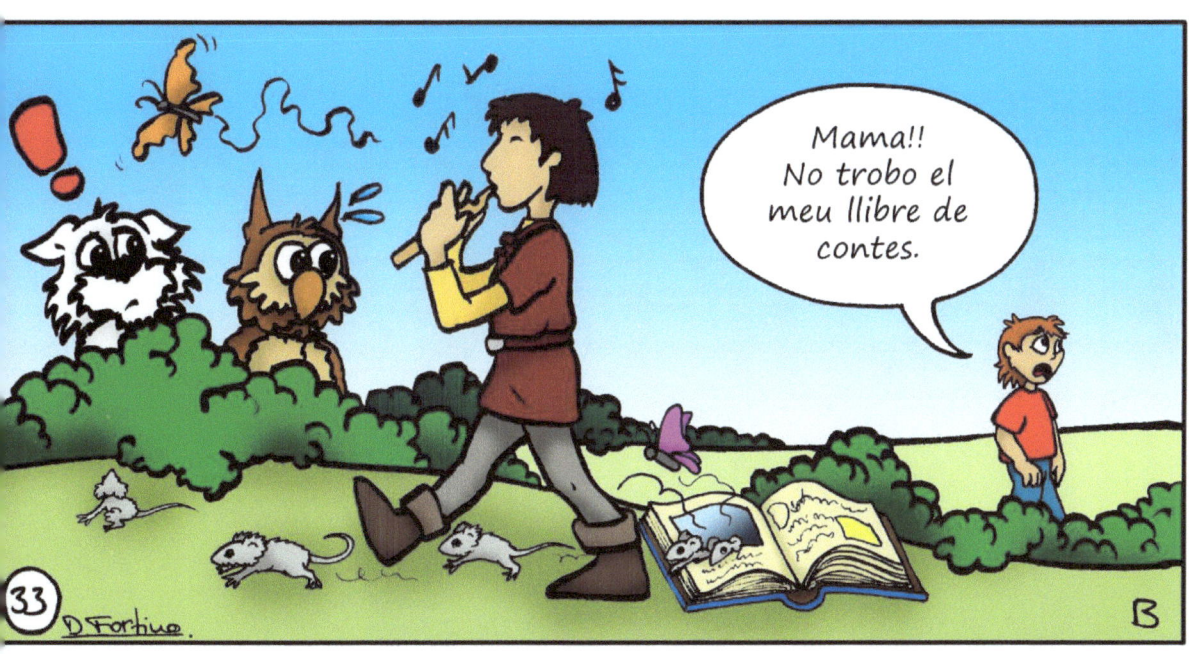

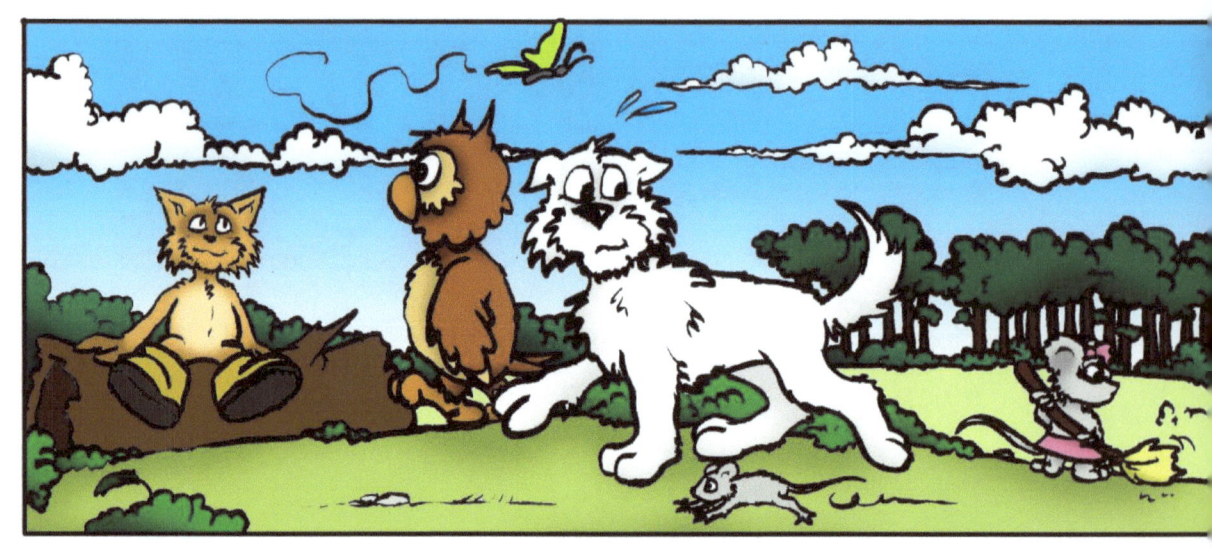
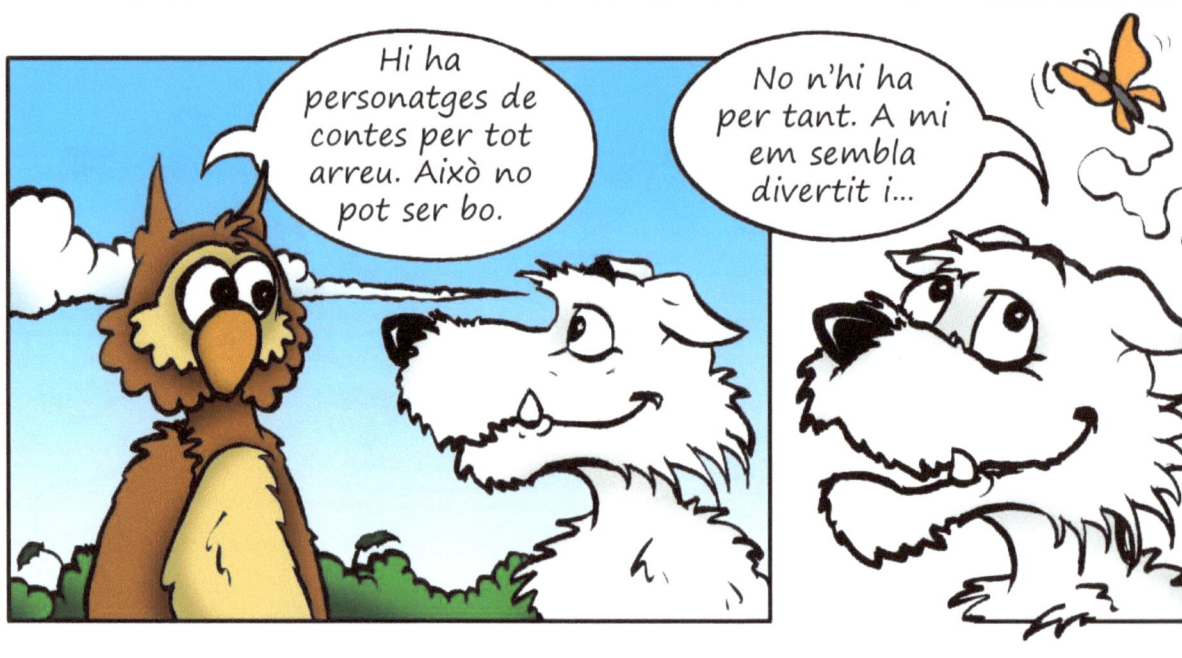

Hi ha personatges de contes per tot arreu. Això no pot ser bo.

No n'hi ha per tant. A mi em sembla divertit i...

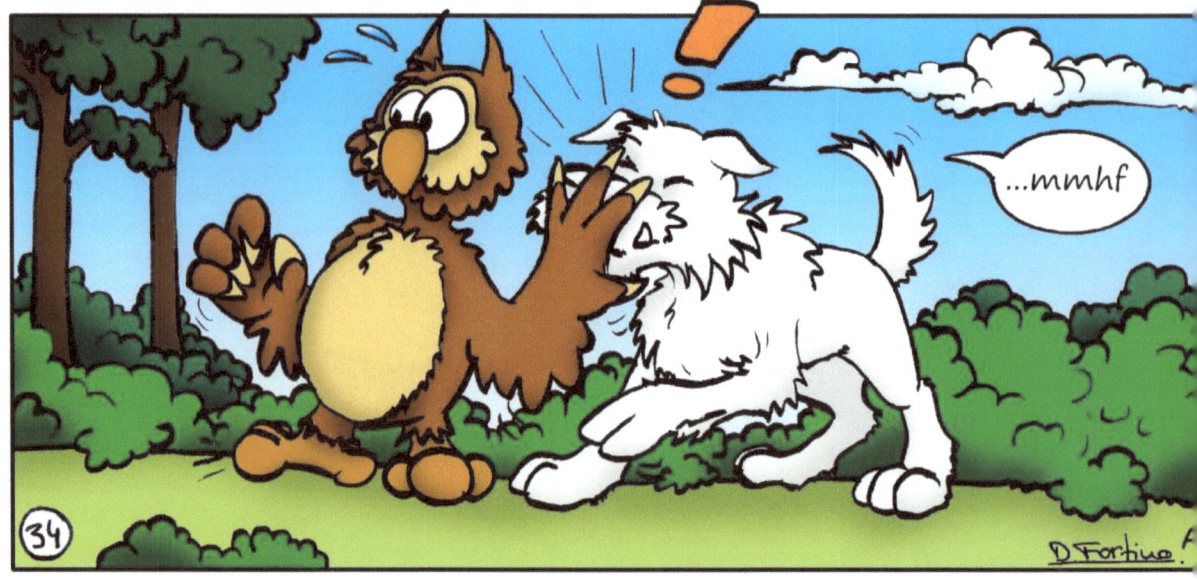

...mmhf

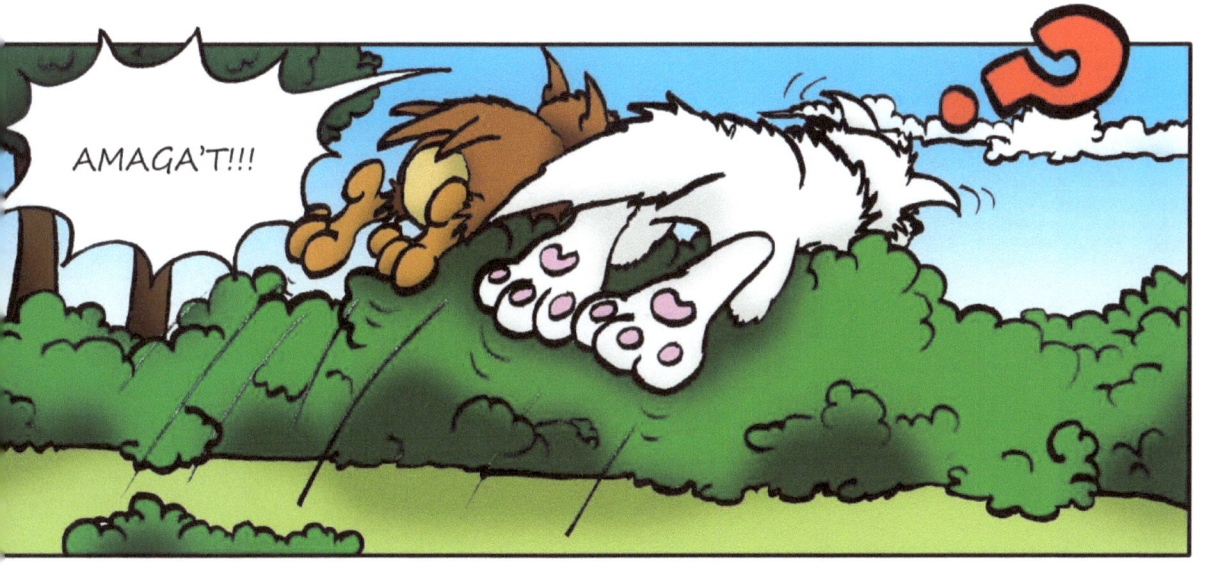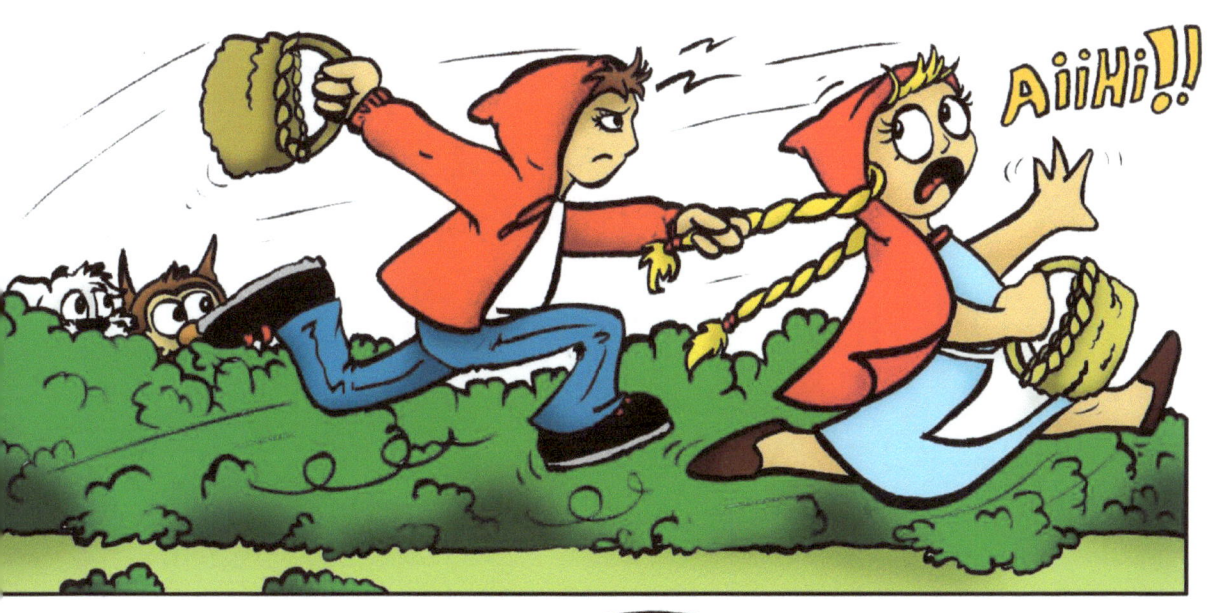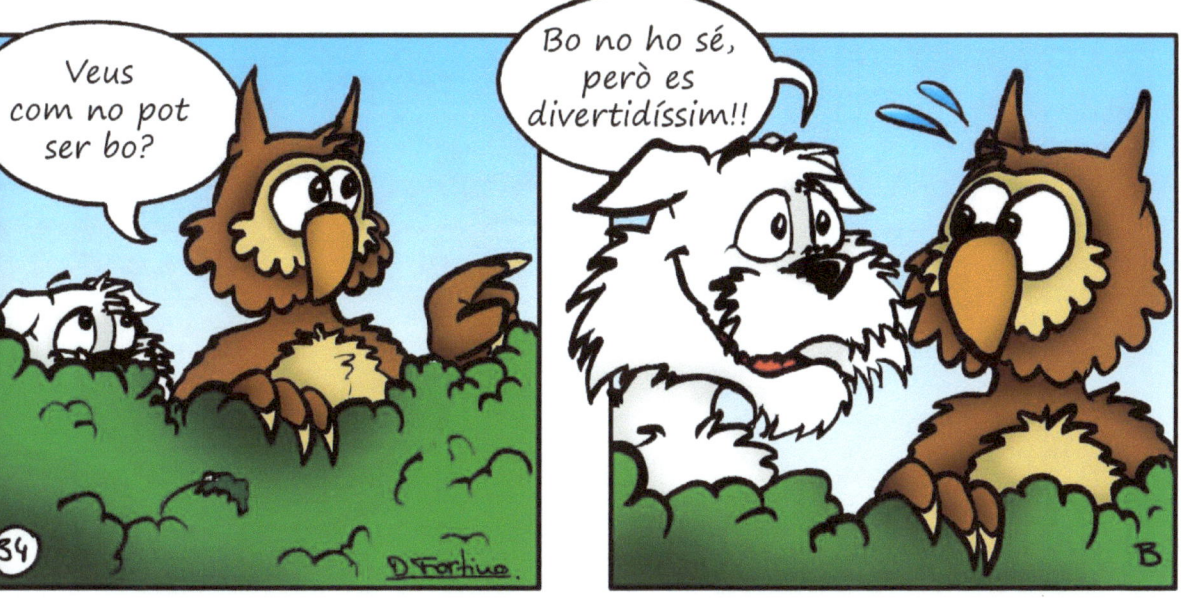

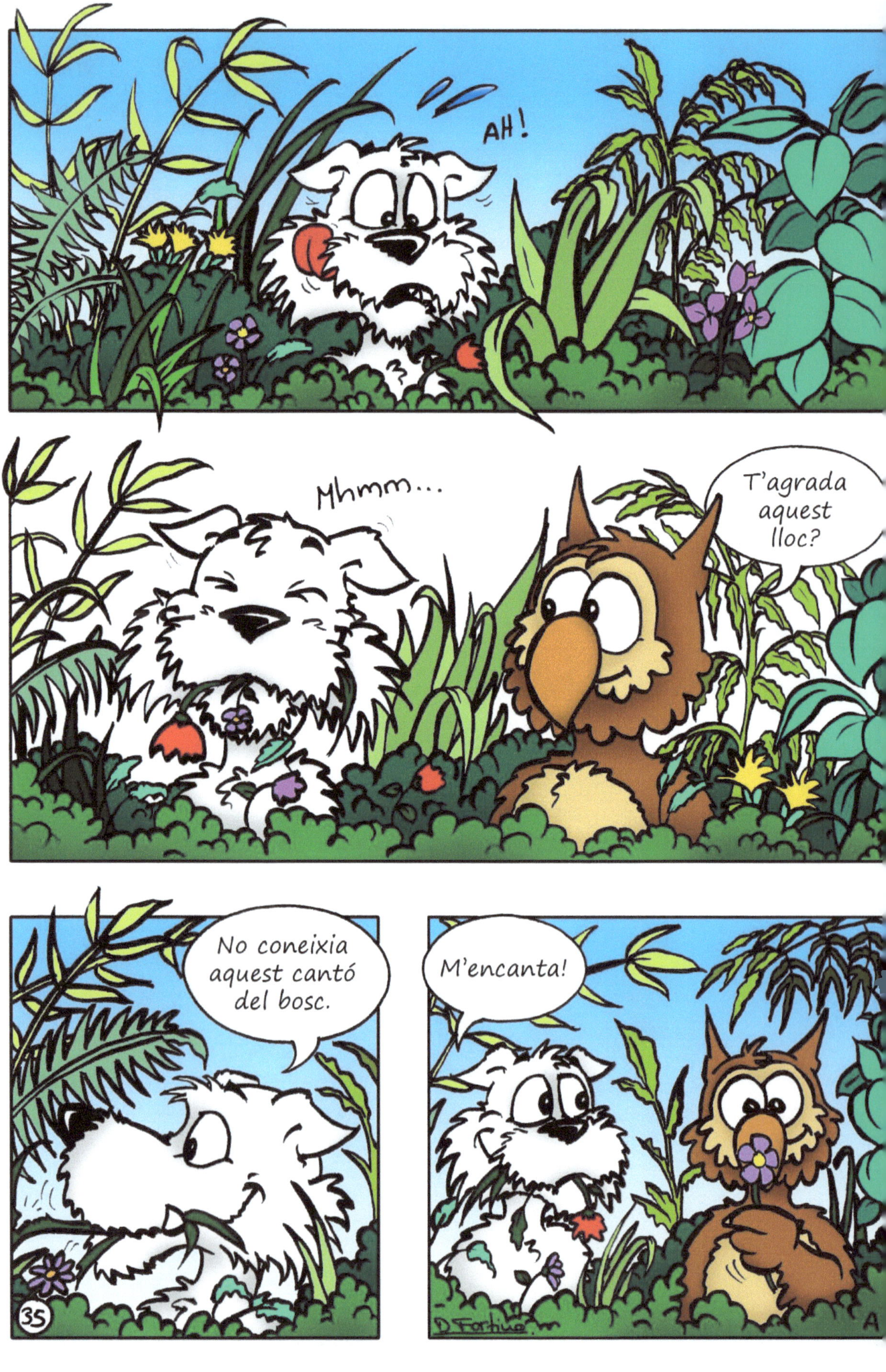

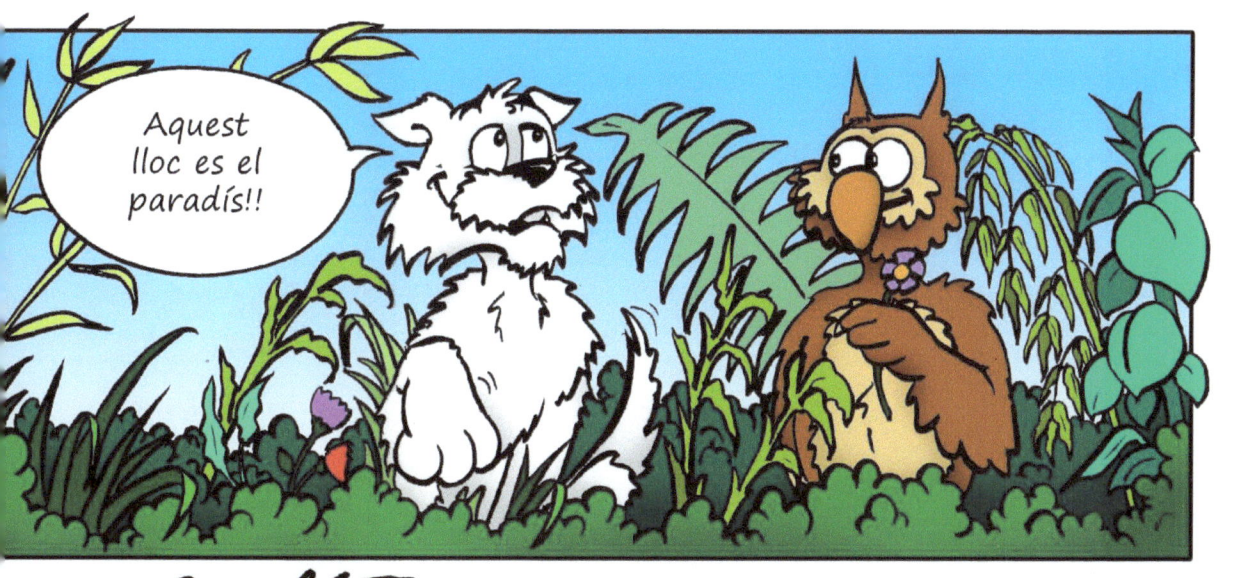
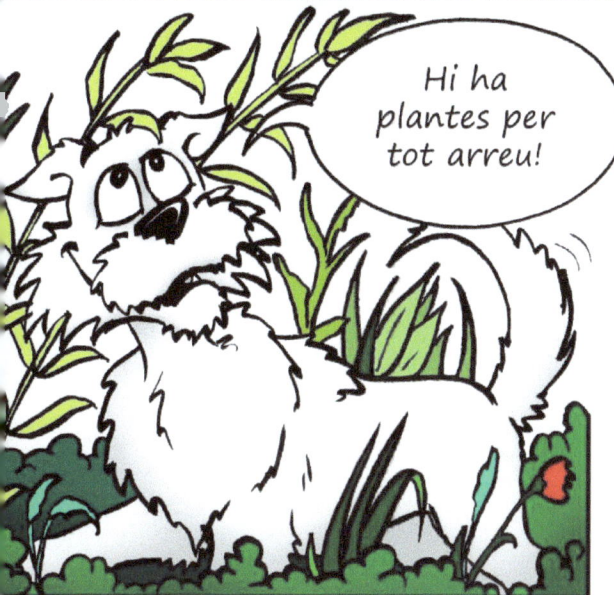
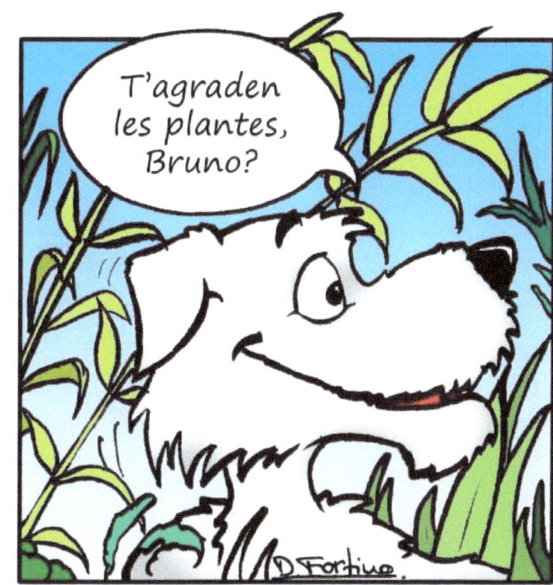
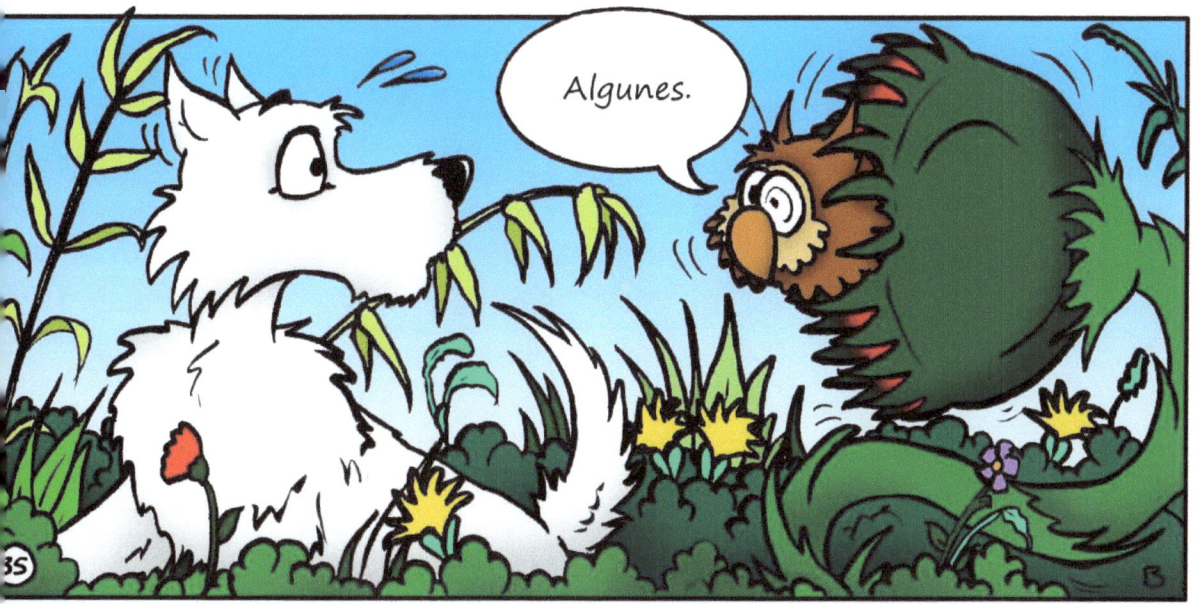

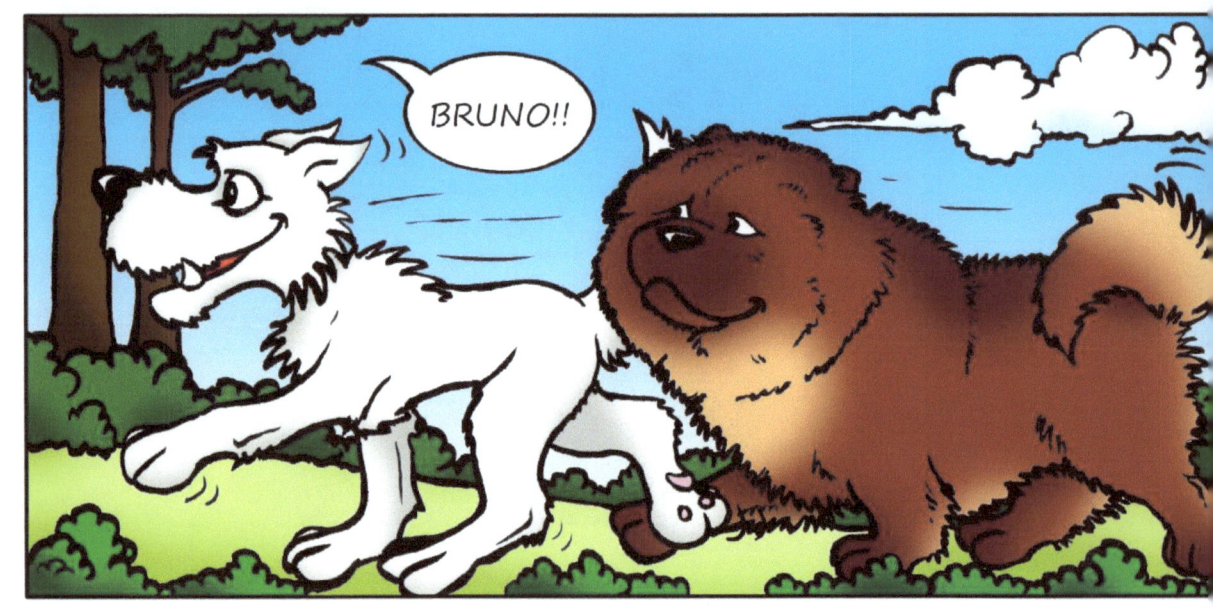
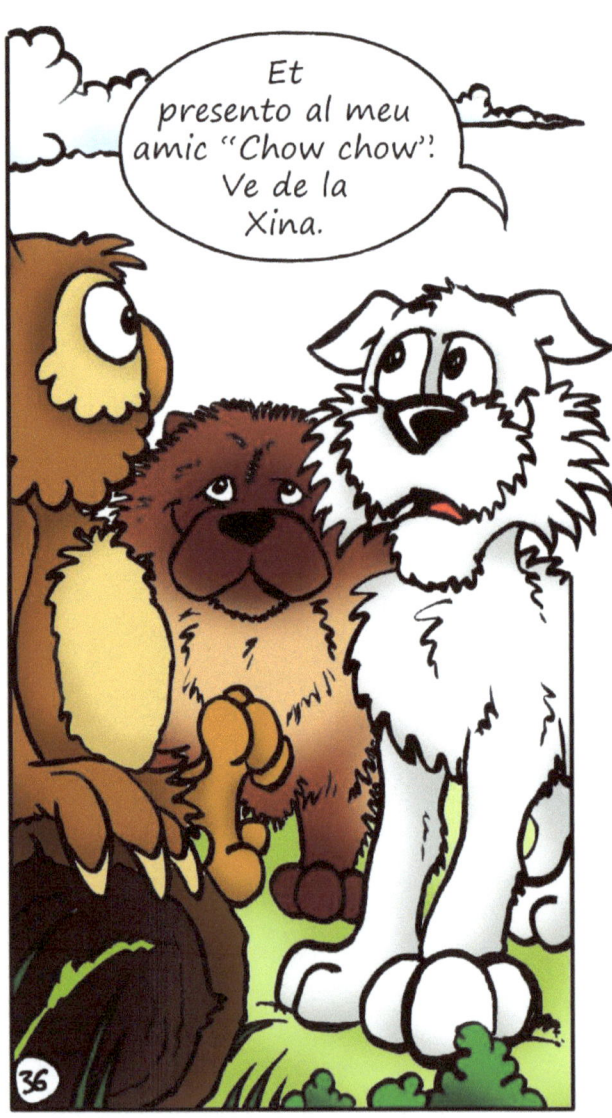
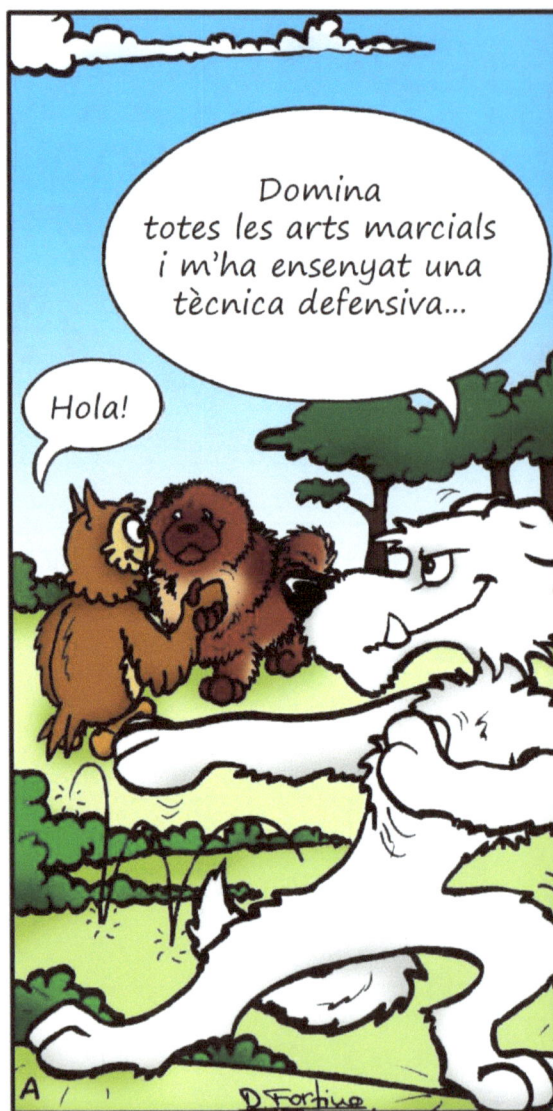

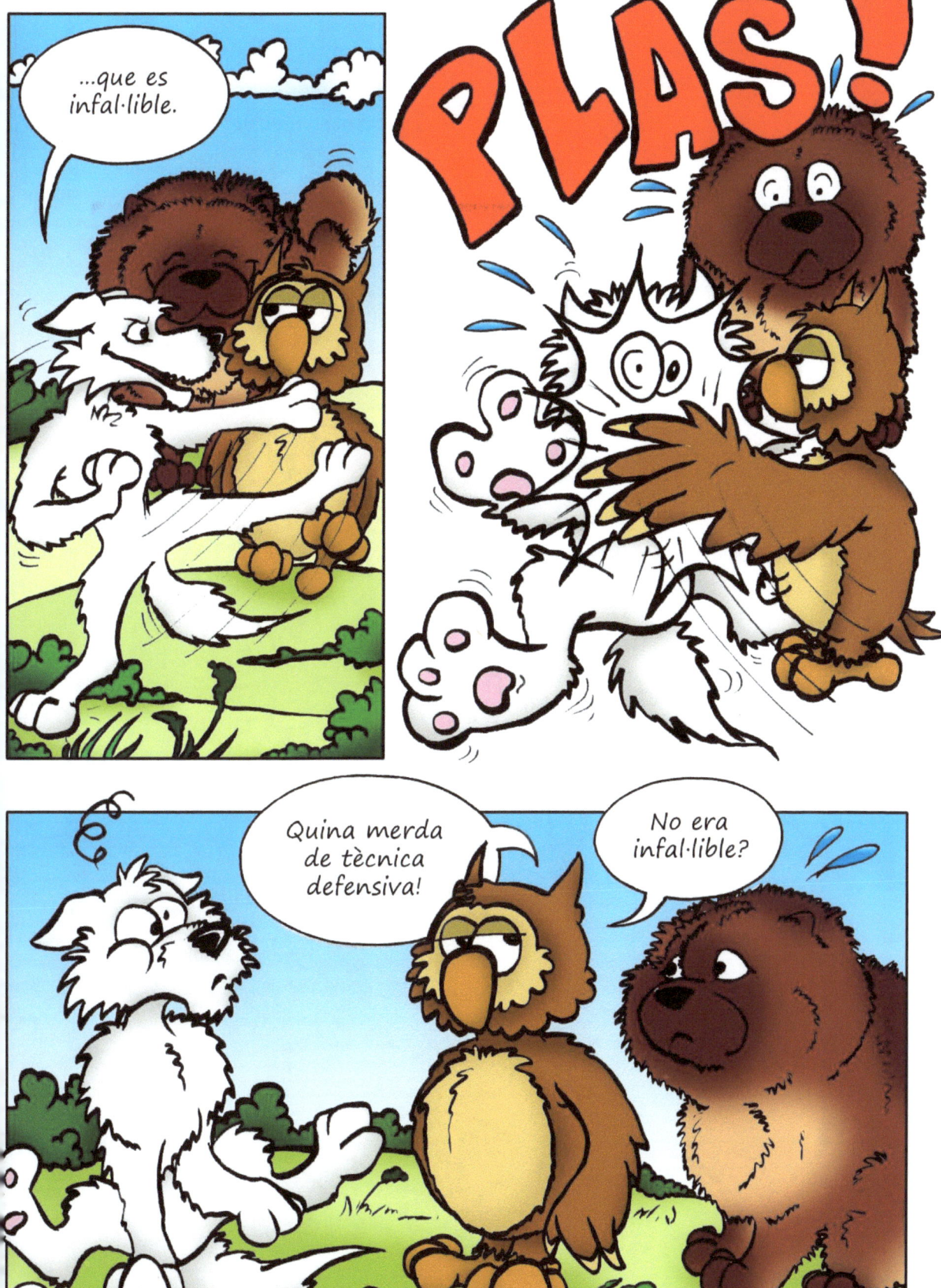

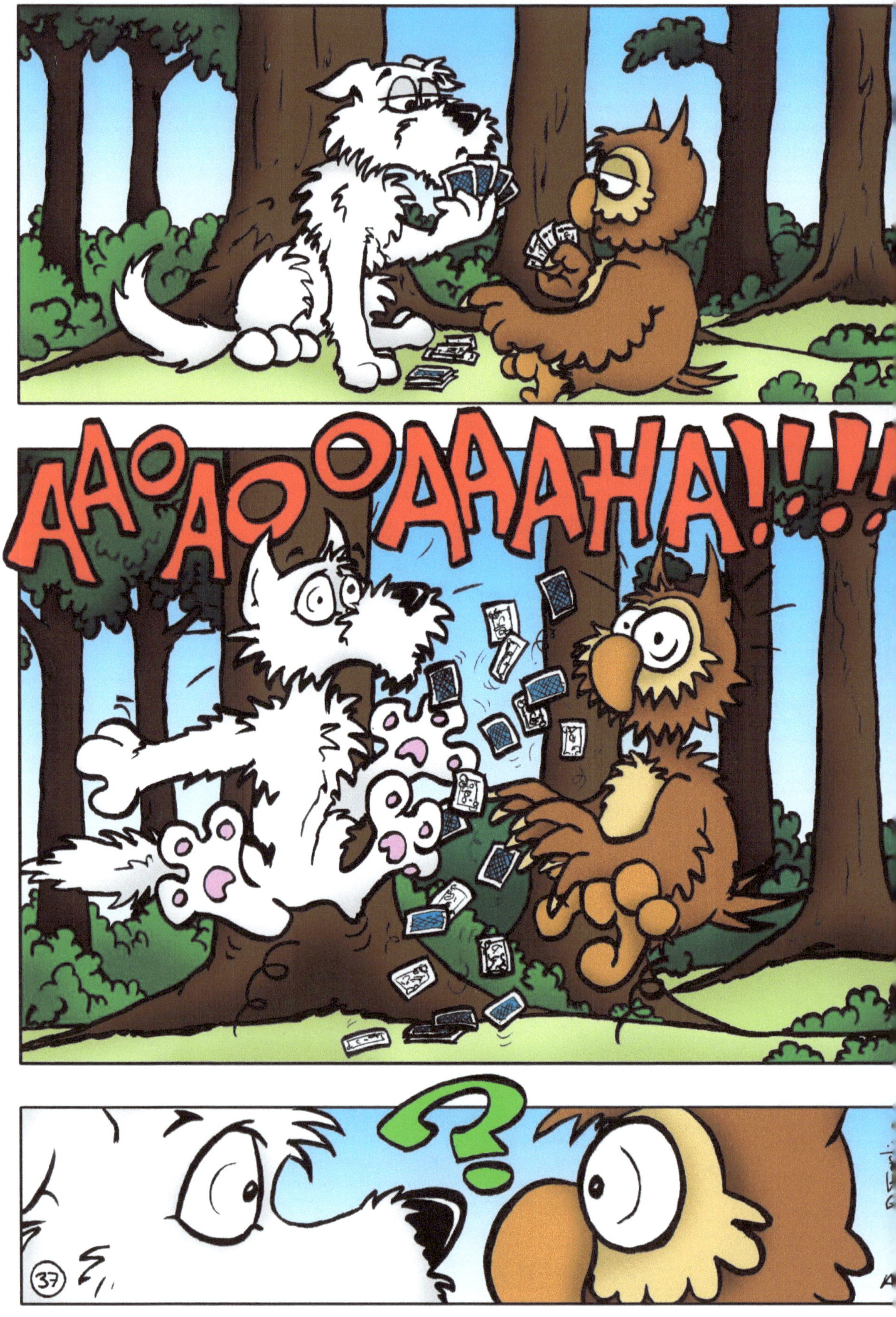

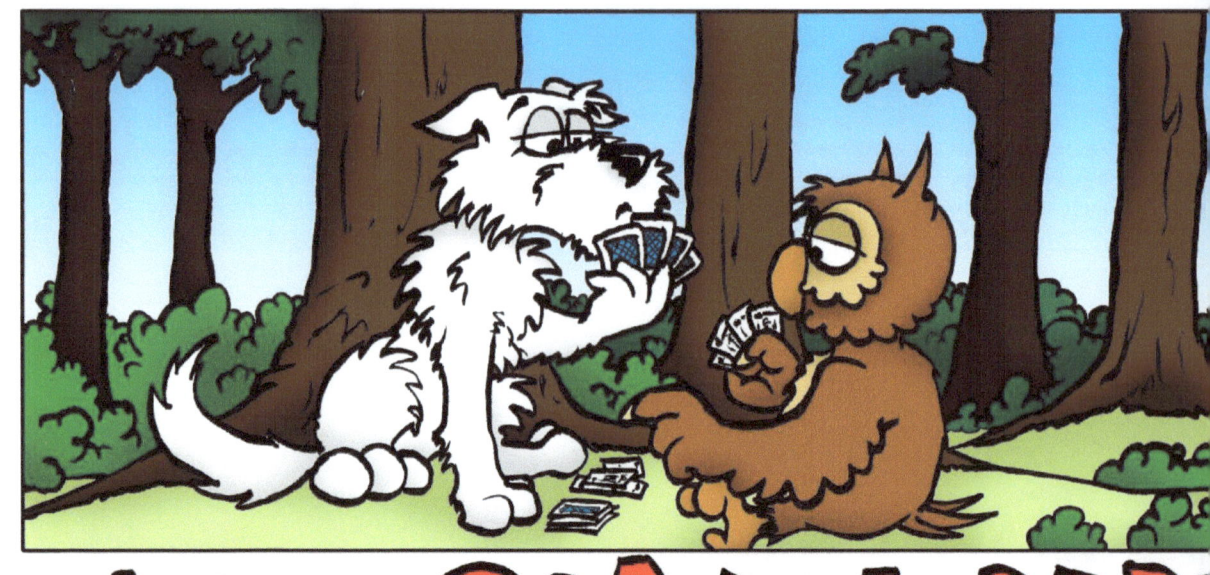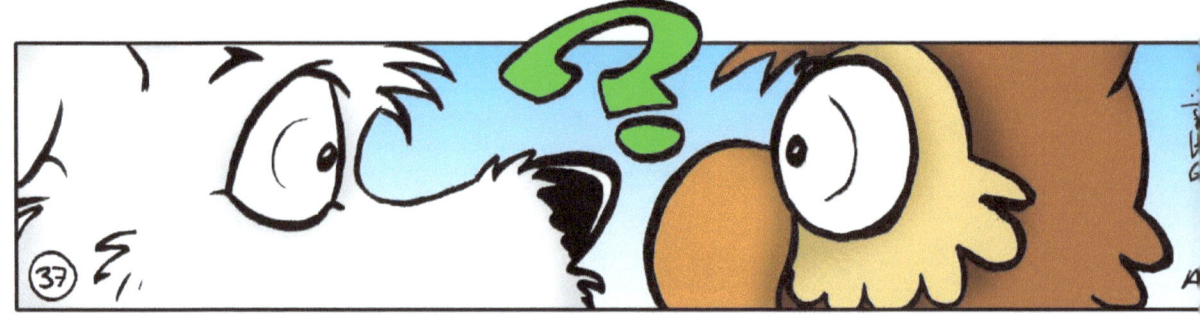

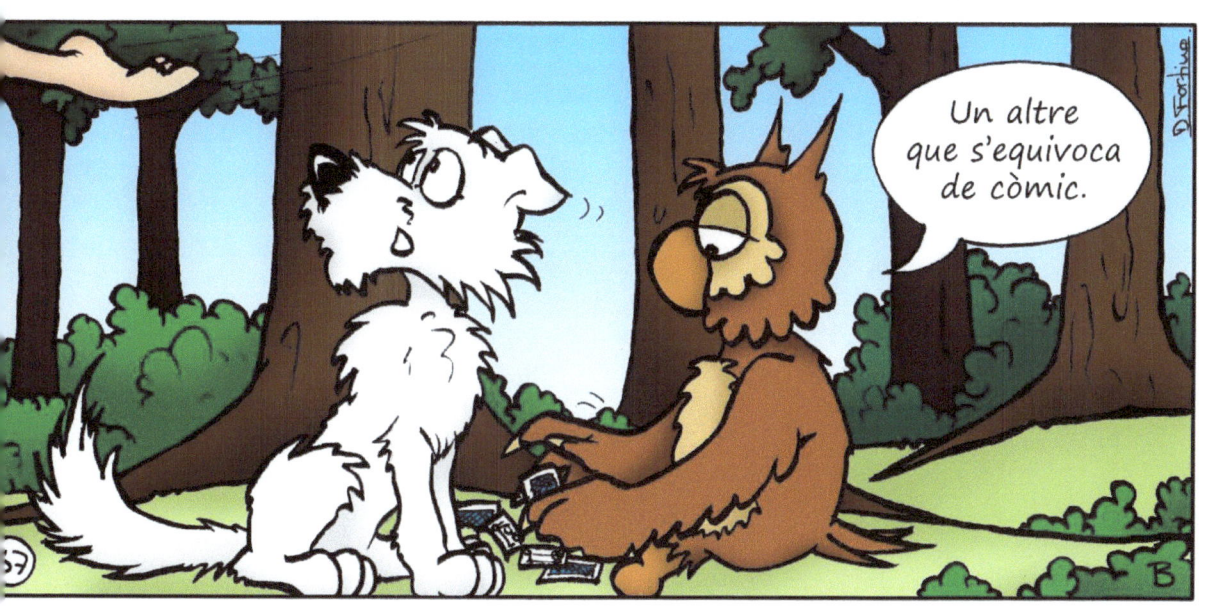

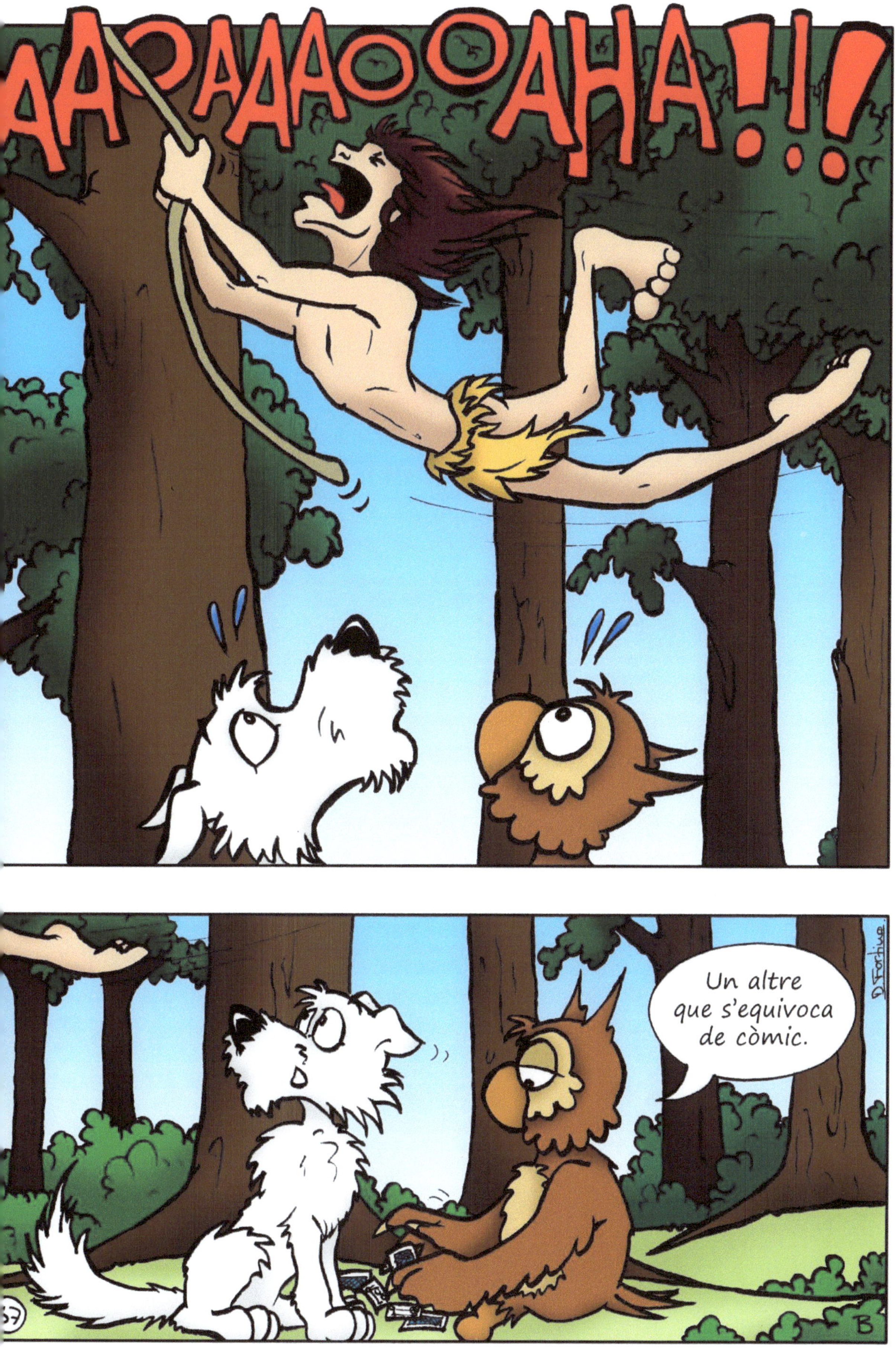

En vols més?

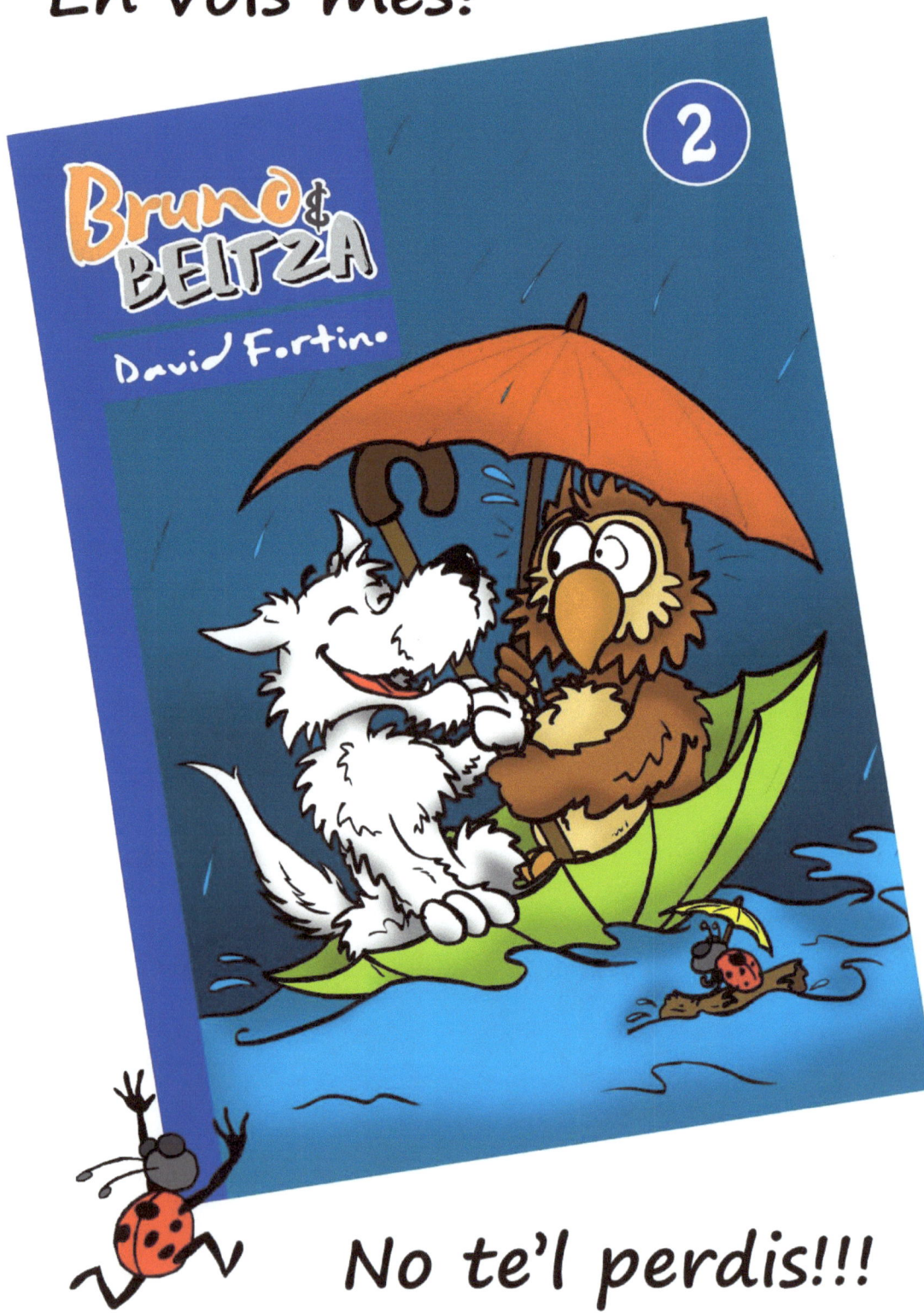

No te'l perdis!!!

www.ingramcontent.com/pod-product-compliance
Lightning Source LLC
Chambersburg PA
CBHW051222220526
45473CB00003B/1138